KB235554

패자의 관

패자의 관

초판 1쇄 인쇄_ 2012년 3월 30일
초판 1쇄 발행_ 2012년 4월 10일

지은이_ 이병주

엮은이_ 김윤식·김종회

펴낸곳_ 바이북스
펴낸이_ 윤옥초

편집팀_ 이성현, 도은숙, 김태윤, 이현실, 문아람
디자인팀_ 박은숙, 윤혜림, 이민영, 남수정, 윤지은
ISBN_ 978-89-92467-65-0   03810

등록_ 2005. 07. 12 | 제 313-2005-000148호

서울시 마포구 서교동 395-166 서교빌딩 703호
편집 02)333-0812 | 마케팅 02)333-9077 | 팩스 02)333-9960
이메일 postmaster@bybooks.co.kr
홈페이지 www.bybooks.co.kr

책값은 뒤표지에 있습니다.

책으로 아름다운 세상을 만드는 – 바이북스

이병주 소설집

패자의 관

김윤식·김종회 엮음

바이북스
ByBooks

일러두기

1. 연재 당시의 내용을 그대로 살리되, 편집상의 오류를 바로잡고 기본 맞춤법은 오늘에 맞게 수정했다.
2. 외래어는 국립국어원을 기준으로 표기하되, 지명·인명 등의 원어를 유추하기 어려운 경우 원문의 것을 그대로 실었다.

패자의 관

패자의 관

K씨가 낙선했다. 이틀 동안 시소를 벌여 6만여 표까지 쌓아올라갔는데 천 표 남짓한 아슬아슬한 표차로 졌다. 최후의 결정이 발표되었을 때 나의 마음은 뭉클했다. 그 패배의 원인이 꼭 내게 있는 것 같아서다. 나는 K씨를 돕느라고 하면서 바득바득 악을 쓰는 식의 노력은 하지 않았다. 머리에 빗질을 하고 넥타이를 골라 매고 구두를 반들반들 닦은 차림으로 이 골목 저 골목을 어슬렁거리다가 간혹 아는 사람을 만나면

"저, K씨가 어떻습니까. 특별한 연고가 없으시거든, 저."

하는 따위의 선거운동을 했던 것이다.

만일 내가 바득바득 기를 쓰고 책략을 생각해내고 그 책략을 실천하는 방향으로 노력했더라면 6백 표쯤은 어떻게 되었

을지 몰랐다. 그런데 ‘면’ 자가 들면 안 되는 일이 없는 세상이다. 내게 돈이 있었더라면, 또는 내가 부지런했더라면 하는 이 ‘면’자라는 것. 이건 회한도 아니고 반성도 아니고 한탄도 아니다. 어리석고 게으른 놈의 푸념이다.

그래 나는 개표하는 날 K씨의 곁에 있지 못했다. 왠지 송구스러워서 못 견딜 것 같아서였다. 그러나 K씨는 틀림없이 당선될 것이란 기대를 가지고 있었다. 그런 기대를 가지고 있었던 것인데 결과가 그렇게 되자 나는 돌연 전신에 오한을 느껴 허둥지둥 집으로 돌아와 자리에 누워버렸다. K씨의 낙선에 충격을 받았다고 하면 말이 좋다. 사실은 선거운동을 한답시고 돌아다니며 막걸리니 소주니 가릴 것 없이 퍼마신 게 개표의 종결과 때를 같이하여 탈이 나고 말았다. 당락이 판정된 순간 K씨와 내가 한 자리에서 같이 시름을 달랜 것처럼 모 신문은 보도하고 있었는데 그 기사를 보고 나는 다시 한 번 얼굴이 화끈해짐을 느꼈다.

내가 위로도 할 겸 K씨를 찾은 것은 그러고도 이틀쯤 뒤의 일이다. 면목도 없고 해서 무슨 말을 해야 좋을지 심히 망설이며 그를 찾았는데 그는 뜻밖에도 춘풍春風이 내왕한 얼굴을 하고

“이 선생 말馬을 보고 말 비슷하다고 하면 어떻게 되는 거요.”

하며 웃곤, 얘기의 골자가 뭔지 알아차릴 수가 없어 어리둥절하고 있는 나를 소년처럼 장난스러운 눈초리로 보면서 말을

이었다.

"어지간히 못난 말이길래 한 말 아니겠소."

이렇게 되니 내 마음도 누그러지지 않을 수 없었다. 이런 말 저런 말 씨알머리 없는 말을 지껄여대며 반나절을 같이 지냈다.

그 뒤 일주일쯤 지나서다. K씨를 위해 마음먹고 선거운동을 한 청년들이 우르르 내 집으로 몰려왔다. '어굴타회'를 하자는 것이다. 비좁은 서재에 의자가 모자라 마룻바닥에 앉기도 하고 서기도 하면서 북어를 안주로 맥주를 마셨다. 젊은 작가가 있었고 소장 실업가가 있었고 치과 병원의 원장이 있었고 어떤 여류 명사도 끼었다. 패배했다는 억울함이 그만한 시간이 흘렀어도 좀처럼 가셔지지 않는 듯 말머리와 말끝마다 패배니 패잔병이니 하는 말투가 섞이고 '이번 싸움의 패인은' '이번 선거에서 실패한 까닭은' 하는 식으로 말이 엮어져 나갔다. 그래 내가 한마디 했다.

스포츠란 것이 있잖나. 스포츠는 어디까지나 룰을 지켜 선전·감투하여 승리를 노리되 이겨도 거만하게 으스대지 말고 져도 비굴하게 위축하지 말 것을 가르치는 게임이 아니겠나. 성공하기 위해선 수단방법을 가리지 않고, 이기기 위해선 권모와 술수를 예사로 쓰는 생존경쟁의 마당에서 스포츠가 지닌 의미는 바로 여기에 있다고 생각하는데 어떨까. 그런데 내가 생각하기론 선거는 스포츠의 정치적인 표현이라고 본다. 선거 법을 지켜 최선을 다하다가 다행히 이기면 좋고 져도 비통해

하지 않을 정도의 수양은 있어야 되지 않겠는가. 나는 K씨를 패배했다고 보지 않는다. 어떤 승리라도 그것이 인생 궁극의 승리로 통해야만 의미가 있는데 이번 K씨는 비록 패배일지라도 인생 궁극의 승리로 전환할 수 있는 계기가 된다는 뜻에서 승리와 마찬가지다. K씨는 그만한 역량과 천부를 가지고 있는 사람이 아닌가? 골목골목 다니면서 많은 사람을 만나 악수를 하고 선거라는 열풍 속에서 세상을 고쳐볼 수 있을 것이니 그만하면 얻은 것도 많고 배운 것도 많았을 것이다. 그렇게 밑진 건 아니지 않을까. 그랬는데

"선생님은요, 점잖은 소리를 하시지만서도요. 나는요. 그렇겐 생각할 수 없습니다요. 당당한 인물에게 졌다면 이처럼 분하지도 않겠고요."

하고 R이라는 청년이 나섰다. 아마 그 감정이 솔직한 것일 게다. 그러나 그렇게만 생각한다면 민주적 인격이니 하는 말은 모두 위선이란 말인가? 그래 나는 다음과 같이 말했다.

"나는 당당하지 못한 사람이 당선되었다는 데 더욱 더 큰 의미가 있다고 생각한다. 이 가운데는 그 선거구민이 틀려먹었다고 욕하는 사람도 있더라만 그건 잘못이다. 나는 되레 그 구의 사람들을 높이 평가한다. K씨에 대해서도 그 인물을 알아주는 정도의 표를 보냈고, 당당한 인물은 아니지만 사십 수년 그곳에서 산 사람을 괄시하지 않았다. 듣건대 그 사람은 그곳에서 줄곧 이십여 년 동안을 남의 선거운동만 했다더라. 남의

선거운동을 이십 년이나 한 사람이 이번엔 자기의 선거운동을 하고 나섰을 때 고장의 사람들은 그를 저버리지 않았다. 말하자면 그 구의 사람들에겐 정이 있다는 얘기다. 정이 있는 곳이니 이 편에서 정을 주면 반드시 반응이 있을 게 아닌가. K씨나 우리나 그런 마음먹이를 잊어선 안 될 줄 안다."

수삼 인의 반박이 있었다. 나는 공연한 소리를 했다고 후회할 만큼 그 반박은 치열했다. 이때 나이가 든 치과 병원장이 나를 궁지에서 건져주었다.

"이 선생 말을 들으니 속이 후련하오. 나는 아직껏 왜 K씨가 졌을까, 그 패배를 어떻게 받아들여야 하느냐 하고 고민했는데 이제 이 선생의 말을 들으니 납득이 가는 것 같습니다."

그래 나는 '스포츠는 승리를 위한 노력인 동시에 패배를 배우는 훈련이기도 하다.'는 것이 K씨의 신념이란 것을 설명하고 K씨는 이번 시련을 통해 보다 큼직하게 성장할 것이라고 말했다.

이런 말 저런 말을 하다가 보니 밤이 깊었다. 모두들 아쉬운 마음으로 헤어지지 않을 수 없었다.

청년들이 돌아가고 난 뒤 나는 다시 K씨의 일을 생각했다. 사람에겐 두 종류가 있다. 실패를 하면 시들어가는 사람과 실패를 할수록 커가는 사람과. 나는 K씨가 후자에 속할 것이라고 확신했다. 구김살 없는 인간성, 일에 대한 의욕, 보다 착하고 보다 아름다운 것에 대한 열정, 게다가 민주적 인격, 이렇게 생각해보니 금번의 실패는 결코 K씨의 인생에 마이너스가 되지 않는 것이라고 할 수 있었다.

그러한 K씨를 생각하다가 나의 생각은 문득 노신호 씨에게 미쳤다. 노신호 씨는 선거 때문에 패가망신하고 선거 때문에 생명을 단축한 사람이다. 6년 전 그는 아직 50세도 안 되는 나이로 세상을 떠났는데 그 죽음은 비상수단을 쓰지 않았을 뿐이지 자살이나 다를 바 없었다.

나는 국회의사당 앞을 지날 때마다 간혹 노신호 씨를 생각하곤 했던 것인데 그것은 해가 더함에 따라 그 빈도가 덜해갔다. 한때 열렬히 그를 지지한 사람이 시간과 더불어 그를 잊어간다는 건 인생으로서 하는 수 없는 일이지만 서글픈 일이다.

내가 노신호 씨를 만난 것은 한국동란이 휴전한 지 1년 후, 그러니까 1954년의 3월 하순경이다. 그때 나는 P라는 항구도시에 교사 노릇을 하다가 피난 겸 지리산 밑에 있는 고향으로 돌아온 채 다시 직장으로 돌아갈 생각을 포기하고 거기서 머물고 있었다. 전쟁을 겪고 나니 세상이 허망하게 느껴져 궁색하나마 노부모와 다만 하루라도 더 같이 지내야겠다는 마음의 탓이었다.

3월 하순. 지리산 쪽에서 모진 북풍이 불어오고 있던 저녁 나절, 밖에서 찾는 사람이 있다기에 나가보았더니 내겐 중학교의 1년 선배인 Y씨가 어떤 낯모르는 사람을 동반하고 서 있었다. Y씨는 곧 그 사람을 내게 소개했다.

그 사람이 노신호였다. 나이는 33~34세. 농과대학의 교수라고 했다. 키는 중키, 해맑은 얼굴, 맑은 눈동자, 지적인 면모인데도 정이 들 수 있는 그런 인상이었다. 나는 그들을 사랑방으로 안내했다.

"오늘밤은 여기서 묵고 가야겠구먼."

Y선배의 말에 나는 좋다고 했다.

"황혼축객비인사 黃昏逐客非人事란 말이 있지 않습니까."

그날 밤 콩알만한 호롱불을 돋우고 밤이 깊도록 얘기를 주고받았다. 노신호 씨는 다가오는 3대 국회의원 선거에 출마를 해볼까 한다는 의향을 밝혔다. Y선배는 그의 출마를 강권한 사람 가운데 하나인 것 같았다. 나는 강에서 잉어가 뛰니까 사랑방 목침이 뛴다는 격으로 어중이떠중이가 다 나서는 세상에 노신호 씨 정도면 과히 손색이 없는 국회의원이 될 것이란 정도의 생각이 들긴 했지만 대학교수의 직을 그만두고 국회의원이 되겠다는 데 속물의 냄새를 맡았다. 그래

"대학교수로서도 충분히 사명을 다할 수 있을 텐데 국회의원은 해서 뭘 합니까."

하고 싸늘하게 말했다.

"간단하게 말하면 그게 가장 빠른 영달의 길이 아닐까 해서 해보고 싶어진 겁니다."

하며 노신호는 수줍게 웃었다. 내겐 그 대답이 마음에 들었다. 그 자리에서 국가를 위하느니 민족을 위하느니 하는 따위의

말을 했더라면 나는 그를 징벌했을지 모른다.

Y선배가 곁에서 거든 말에 의하면 이번 동란에 심한 충격을 받은 노신호는 뭐니뭐니 해도 정치의 힘으로써밖엔 이 나라를 구할 수 없다고 느끼고 우선 국회의원으로서 정치생활을 시작해볼 발심을 했다는 것이다.

노신호는 국회의원이 되면 어떻게 하더라도 남북통일을 서두는 방향으로 노력하겠다고 했다. 그리고 거기에 따르는 자기 나름대로의 방책을 말해보기도 했다.

"다시는 이런 참화가 없게 하기 위해선 국민들도 통일에 성의를 가져야 하고 국회의원의 제일의적인 의무가 통일의 성취라고 생각해요."

이렇게 말한 노신호의 눈빛과 말투는 진지했다. 노신호는 가혹한 법률을 없앨 것과, 특히 부역했다는 죄목으로 중형을 받은 사람들의 구제를 서둘겠다고 했다.

"국민의 일부가 부역을 하도록 하는 상황을 만든 책임을 먼저 물어야 하지 않겠습니까. 만일 그 책임을 따질 수 없다면 부역했다는 명목으로 국민을 벌할 수 없죠. 국민의 생명과 재산을 보전하는 책무를 다하고 나서야 범법자를 다룰 수 있는 명분이 서는 겁니다. 일제에 아부하고 편승한 사람들을 불문에 부쳐놓고 참담한 전란통에 부역했다는 명목으로 중형을 과하는 건 아무래도 불합리합니다. 부역자는 이를 벌할 것이 아니라 부둥켜안고 울어야 합니다. 하기야 그 가운덴 악질도 있겠죠. 양민을 해친 놈들 말입니다. 그런 부류만을 가려내면 되는 겁니다.”

그는 농업의 진흥을 주축으로 한 공업화에 관한 자기의 비전을 설명했다. 하천 공사, 간척지 매립, 독산 개발禿山開發을 통한 국토의 확장, 유휴 노동력의 이용 방안 등, 정밀한 숫자를 들어 설명하는데 그 방면에 상당한 연구를 쌓았다는 것을 알 수가 있었고 그 말에 설득력도 있었다.

보다도 내가 그에게 혹한 것은 그의 문학과 철학에 관한 깊은 소양이었다. 나이 서른 남짓한 사람이 언제 그렇게 많은 공부를 했을까 하고 놀랄 만큼 사회 사상, 정치 사상에 도통해 있었다.

나는 그가 말하는 ‘명증의 허위’라는 대목의 이야기에 흥미를 가졌다. 이론이 정연할수록 그만큼 현실과는 거리가 멀다는 얘기고 지나치게 명석한 증명은 그 추상작용이 준열하기 때문에 허위의 부분이 생겨난다는 얘기였다. 그리고 이어 그는 유심론과 유물론은 일단 이들을 대립적으로 생각하되 학문하는 사람의 내부에선 겸전의 방법, 절충의 방법, 또는 매거枚擧의 방법으로 어느 단계까지는 공동시켜야 한다는 의견을 설명했다.

“유물론적 이해 방법과 유심론적 이해 방법을 꼭 같이 활용해야 할 것 아닙니까. 인생은 그 가운데 어느 한쪽의 방법만으론 다루기 힘든 존재이니까요. 사랑이란 현상을 유물론적으로 이해할 순 있겠지요. 그러나 단면뿐일 것입니다. 유심론적인 해석이 따라야 사랑에 접근할 수 있지 않겠습니까."

또 그는

"변증법, 변증법 하지만 변증법이 그것을 존중하는 사람의 의견 그대로의 효능을 갖자면 변증법적 발전과 비변증법적 발전과의 또 다른 차원의 변증법적 작용을 인정해야 합니다." 하는 의견도 말했는데 이건 십 년쯤 뒤에 내가 사르트르의 저작을 통해 재발견하고 노신호의 사색력에 새삼스럽게 놀랐던 것이다.

노신호는 우리의 문학이 청산문학淸算文學의 고된 가시덤불의 길을 걸어야 했었는데 좌·우익 문학의 정치투쟁 때문에 그런 진지한 문제가 묵살되고 말았다고 하면서 언젠가는 우리나라의 문학이 이 때문에 비싼 값을 치러야 할 것이라고도 했다.

"남의 힘으로 얻은 독립에 편승한 채 우리 스스로 독립운동을 추체험하는 시련을 포기했기 때문에 6·25동란 같은 참화가 생겨났다고 보아야 할 때 문학도 보상 없인 전진하지 못할 겁니다."

당시 문학청년이었던 나는 이러한 노신호의 말을 통해서 새로운 세계를 얻은 것 같은 감동에 젖었다. 하룻밤을 같이 지내곤 나는 완전히 그의 신자가 되어버렸다. 이 사람을 국회에 보내면 국회가 빛날 것이란 자신이 섰다. 나는 노신호를 국회에 보내는 운동이 바로 애국운동과 통한다는 것을 믿고 의심하지 않았다.

베드로가 고기잡이 그물을 팽개치고 예수의 뒤를 따라갔듯이 나는 그 이튿날부터 노신호를 따라 그의 선거운동에 나섰다. Y선배는 수제자격이고 나는 차제자격이었다.

나는 노신호를 따라 이 마을 저 마을을 헤매는 동안에 매일처럼 새롭게 그를 인식했다. 매력있는 교양인이란 정도를 넘어 희귀한 인격인으로서 내 내부에 그의 그림자는 날과 더불어 커갔다.

더욱이 나이 많은 한학자와의 응수에 감탄했다. 어디까지나 겸손한 태도를 지니며 동양의 고전에 관한 토론을 전개시켜가면 한학자들은 감격의 눈물을 흘렸다.

"요즘 젊은 사람에게 이런 사람이 있다니. 젊은 사람의 학문에 대한 관심이 줄어가는 풍조를 개탄하고 있었는데 자네와 같은 사람을 만나니 참으로 반가우이."

모두들 이렇게 말하며 선거운동에 발 벗고 나설 각오를 피력하기까지 했다.

이런 식으로 우리들은 선거공고가 있기까지 선거구 일원을 거지반 돌았다.

드디어 선거공고가 있고 입후보자의 등록이 있었다. 우리 고을에선 도합 열두 명이 출마했다. 자유당 공천이 하나, 민주당 공천이 하나 있었을 뿐, 나머지는 모두 무소속이었다. 당에 소속할 필요가 없을까 하는 논의가 나왔을 때 노신호는

"자유당이나 민주당은 보수할 것도 갖지 못한 보수정당이고

부패에의 경사가 곧 보수인 줄 아는 부류니 가담할 의사가 없고 그렇다고 해서 이념정당에 가입하자니 그런 것도 없다. 지금의 정치 정세는 생신한 민주적 의욕을 가진 무소속이 많이 진출해서 그 가운데서 동지적으로 뭉쳐 국리와 백성의 의사를 반영하는 정당을 만들어야 한다.”
면서 무소속 출마를 한 것이다.

합동정견발표회가 시작되자마자 노신호의 인기는 절정에 달했다. 여타 입후보자들은 거개가 무식하고 하는 말이라야 공소하고 고함만 큰 웅변조였는데 노신호는 차근차근한 어조로 자기의 소신을 밝혀나갔다. 때와 장소와 상대를 가려가며 정밀하게 꾸며지고 진지하게 토로되는 노신호의 연설은 가는 곳마다 식자들의 가슴을 사로잡았고 무식자들에게까지도 적잖은 감동을 심었다.

그 가운데 아직도 귀에 쟁쟁한 몇 개의 연설이 있다. 그 가운데의 하나는 당시 읍소재지에 주둔해 있었던 군인들을 상대로 한 것이었다. 다음에 그 개요를 옮겨보기로 한다.

“저도 말을 잘할 줄 안다는 것을 여러분께 과시하기 위해서 여러 가지의 애기를 준비하고 이 자리에 나왔습니다. 그런데 정복을 입고 철모를 깔고 땅바닥에 앉아 있는 여러분을 보니 그러한 준비가 모두 허탕이 되고 말았습니다. 정복을 하고 사는 인생이란 엄숙합니다. 항상 죽음을 각오하고 사는 인생이란 두렵습니다. 이처럼 엄숙하고 이처럼 두려운 여러분을 앞에 두고 감히 제가 무슨 말을 놀리겠습니까. 제게도 정복을 입은 군인이었던 시절이 있었습니다. 그러나 그건 일본놈을 위해 총칼을 든 노예의 군대 생활, 치욕의 군대 생활이었습니다. 누구를 위해 무엇을 하자는 총칼이냐고 서러워하면서도 비굴하게 복종하지 않을 수 없었던 군대 생활, 오늘날 국민들은 우리 민족 모두가 겪은 수난의 일환으로 보고 용서해주는 태도를 취하고 있습니다만, 그 너그러움에 저는 편승할 수가 없습니다. 불가피한 일이었다고 변명할 수도 없습니다. 명색이 고등교육을 받았다면서 반항하는 소리 한번도 지르지 못하고 고스란히 그 치욕의 생활을 견딘 것입니다. 제 자신 저를 용서할 수가 없습니다. 그런데 여러분은 조국과 민족을 위하는 영예로운 군인들입니다. 치욕의 군대 생활을 한 자가 영예로운 군대 생활을 하고 있는 여러분 앞에 무슨 말을 할 수 있겠습니까.

저는 이제막까지도 여러분의 부형들 앞에서, 모자들 앞에서, 목숨을 걸고 나라와 민족을 위하겠노라고 떠들고 다닌 사람입니다. 그런데 만일 이 가운데 여러분이, 그렇다면 국회가 백병전을 바로 연출하는 싸움터라고 볼 때 아니 시시각각 죽어 넘어지는 전쟁터와 다름 없을 곳일 때 너는 그래도 국회에 가길 원하느냐고 물으시면 솔직한 이야기로 저는 대답을 하지 못하겠습니다. 말하자면 저는 국가와 민족을 위하는 각오에 있어서 여러분께 미치지 못합니다. 여러분에게 미치지 못하는 각오를 가진 자가 어떻게 나를 국회에 보내주면 나라를 위하겠다고 떠벌릴 수 있겠습니까.

물론 제 나름대로는 할 얘기가 있습니다. 이 나라의 민주역량을 높이는 데 노력할 것과 이 나라를 살기 좋은 나라로 만들기 위해 일하겠다는 다짐에 있어서 누구에게도 뒤질 생각은 없습니다. 그러나 수많은 전투에서 동지를 잃은 그리고 그 전투에서 살아남아 다시 내일 치열한 전쟁터로 나갈 여러분 앞에서는 그러한 말들이 모두 외람된 노릇이 되고 말 것 같습니다. 제게 꼭 하고 싶은 말이 있다면 어떠한 전투에도 이겨 남도록 자중하고 자애하시란 것뿐입니다.

그런데 만일 여러분이 저를 국회에 보내주신다면 오늘 이 자리에서 저를 바라보고 있는 여러분의 그 진지한 눈동자를 잊지 않겠습니다. 나라 위하고 겨레 위하는 여러분의 각오를 지금부터서나마 배우겠습니다. 기어이 남북을 통일해야 하되 이 이상 한 사람의 희생도 내는 일이 없도록 하는 비법을 연구·안출하도록 정열과 성의를 다하겠습니다.”

이 연설이 있은 후 장내에 박수가 일지 않았다. 나는 이 연설이 실패하지 않았나 하고 걱정했는데 그것도 순간의 일, 단에서 내려오는 노신호를 군인들이 환성을 지르며 둘러쌌다. 그리고는 각기 손을 내밀어 노신호와 악수를 청했다. 더러는 눈물이 글썽한 군인들도 있었다.

또 하나의 연설은 읍소재지에서 7킬로미터쯤 떨어져 있는 곳에 있는 나환자촌에서의 연설이다.

"반성해보면 사람이란 뻔뻔스럽기 짝이 없는 동물인가 봅니다. 사람이라고 말하면 실례가 되겠습니다. 저는 여러분 앞에 서서 저를 부끄럽게 생각합니다. 저는 여러분이 세상에서 격리된 채 이곳에 살고 계시는 것을 미리부터 알고 있었습니다. 자동차를 타고 이 앞을 지날 때면 전 눈을 엉뚱한 곳으로 옮기고 무서운 곳을 피하려고 했습니다. 이곳을 찾아볼 생각이나 여러분을 위문할 생각 같은 것은 엄두도 내지 않았습니다. 그랬는데 선거 때가 되니까 표를 얻으러 여기에 나타났습니다. 참으로 뻔뻔스러운 노릇입니다. 그리고도 이곳에 와서 저는 여러분과 그 흔하게 하는 악수 한번 할 작정을 안 했습니다. 서럽기 짝이 없는 일입니다. 그러니 제가 무슨 말을 하든 선거 때가 되니까 뻔뻔스럽게 표를 얻으러 온 놈이라고 생각하시고 적당하게 취급해주십시오."

이렇게 서두를 해놓고 그는 서정주의 '문둥이'란 시를 읊고 '꽃같이 붉은 눈물'이란 대목을 감동적으로 설명했다. 이어 어떤 외국 나문학자癩文學者의 문장을 인용해선 '왜 하필이면 지금 죽어야 하느냐, 내일에도 죽을 수 있고 모레에도 죽을 수 있는데.' 하며 매일처럼 자살을 생각하면서도 죽지 못하는 나환자들의 고충을 말했다. 그리고 자동차가 시골에 와 서면 동리의 어린아이들이 모여들어 이곳저곳을 만지기가 예산데 이곳에 오니 아이들이 멀찌감치 서서 자동차를 바라보고만 서 있는 모습이 안타깝기 짝이 없다고 했다. 노신호는 결론으로

"여러분은 육체의 병을 고통하는 과정에 꽃같이 붉은 눈물을 흘리며 정신의 건강을 찾을 순 있는데 건강한 사람 가운덴 정신이 썩어가는 경향이 많습니다. 여러분은 항상 스스로의 고통을 지켜보는 밀도 짙은 인생을 살고 건강한 사람은 세속의 허영에 휘몰려 공소하게 인생을 낭비할 뿐입니다. 병자로서도 알차게 살 수 있다는 자부, 그 자부를 어떻게 실천하는가의 증거를 내세우기 위한 인생으로서 여러분의 생활을 재설계하시길 빕니다. 값싼 동정은 여러분의 고통에 대해선 되레 모욕일 것이니 많은 말을 하지 않겠습니다. 인생은 병이 들어도 아니 병에 걸렸기 때문에 살아볼 만한 것이 아니겠습니까. 건강한 사나이의 무책임한 소리라고 들으셔도 좋습니다. 그러나 건강한 외양을 가진 제가 그 뻔뻔스러운 태도 한 가지로서만 보더라도 여러분 이상의 내면에 있어선 썩어 있다고 판단하실 줄로 알아야 할 겝니다."

사실 이보다 더 풀어 알기 쉽게 한 말인데 이 연설은 나환자들에게 커다란 감명을 준 모양으로 내가 기억하기론 단일투표구 3백여 명의 투표자 가운데 9할에 가까운 수가 노신호에게 투표했다는 결과가 뒤에 밝혀졌다.

그때 자유당의 공천을 받은 사람은 G씨라고 하는 어느 면의 면장을 한 경력이 있는 노인이었다. 자유당의 탄압선거가 전국적으로 차츰 대두하기 시작한 무렵인데 우리 고을에선 가장 험악한 양상을 취했다. 노신호 씨의 인기가 결정적임을 알자 자유당은 경찰을 시켜 노신호의 운동자를 닥치는 대로 잡아들였다. 자동차는 정지위반·주차위반의 명목으로 압수했다. 동리마다 공무원이 깔려 노신호에게 투표하면 뒷일이 좋지 않을 것이라고 위협하기 시작했다. 그런 상황이었으니 노신호의 차를 빨치산을 가장해서 습격할 것이란 풍문마저 돌았다. 어떤 수단을 써서라도 노신호만은 당선시켜선 안 된다는 지령이 중앙에서 왔다는 거짓인지 참말인지 모르는 말이 퍼졌다.

"선거고 뭐고 우선 사람을 살려놓고 보아야 할 게 아닌가!"

하며 노신호의 집안 노인들은 지팡이를 끌고 다니며

"우리 신호에게 투표하지 마시오. 신호가 만일 당선되면 생명이 위험하오."

하는 식으로 호소하고 돌아다녔다.

투표일을 일주일쯤으로 앞세워놓고 노신호의 운동자에게 일대 검거 선풍이 불었다. 6·25동란 때의 부역 사실 여부를 재조사한다는 것이다. 아직도 산에 빨치산이 남아 있던 때라 어떤 사람들은 산의 공비와 내통이 있다는 명목으로 체포당하기도 했다. 우리 고을은 완전히 공포 분위기에 싸였다. 노신호의 사무장이 체포되고 Y선배도 철창 신세가 되었다. 나까지 위험해졌기 때문에 나는 낮엔 뒷동산에 숨었다가 밤엔 이웃집 헛간에서 잤다.

노신호의 선거운동은 완전히 마비되고 말았다. 사람들의 입에서 노신호란 이름이 사라져 갔다. 빨치산이 준동하고 있는 지구에서 빨갱이란 낙인이 찍힌 노신호를 주민들은 도울 수가 없게 되었다. 투표 사흘 전의 새벽 우리 고을의 동리마다 골목마다 하얗게 삐라가 뿌려졌다. '노신호 동무를 대한민국 국회로 보내자.'로 된 이 삐라엔 재산在山 빨치산 일동 또는 김일성이란 서명이 있었다. 재래식 한지에 조그마한 글로 등사한 이 삐라를 주워들고 나는 전율을 금하지 못했다. 만사 끝났다고 생각했고 선거 결과야 어떻든 노신호의 신변만 안전하면 좋겠다고 생각했다. 그래도 모자라 자유당은 상당한 무더기 표를 집어넣었다. 선거 결과는 보나마나였다. 말 한마디 제대로 못하고 제국주의가 민주주의보다 낫다고 생각하고 있는 노인이 국회의원으로 선출되었다. 제국주의가 민주주의보다 낫다는 얘기는 자유당 공천을 받은 G씨 당사자가 어느 연설장에서 다음과 같이 한 연설에서 비롯된 것이다.

"우리는 지금 민도가 낮아 민주주의를 하지만 빨리 노력해서 우리도 제국주의를 해야 합니다. 제국주의를 해야 공상당을 때려잡을 것 아닙니꺼."

선거가 끝난 뒤 우리는 노신호를 부둥켜안고 울었다. 그러나 그는 울지도 않고 서글픈 웃음을 띠며

"나를 위해서 고생한 어른들에게 어떻게 보상해야 좋을지 그것이 괴로울 뿐 난 아무렇지도 않다."

고 말하고

"내가 낙선한 건 당연해. 나는 말만 했지 국가나 민족을 위

한 실적이 없었어. 만일 내게 실적이 있었더라면 우리 국민은 어떤 탄압에도 굴하지 않고 내게 표를 찍었을 것 아닌가. 국민은 위대하다. 우리 국민은 위대하다. 나 같은 사람에게 그처럼 곤욕을 받으면서도 표를 던졌으니 말이다.”
하며 구김살 없는 심정을 토로했다. 하지만 우리는 분했다. 자유당이 그처럼 설쳤는데도 당선자인 G씨와 차점자인 노신호와의 표차는 불과 7백 표밖에 안 되었으니까.

노신호는 선거 때문에 J시에 있는 집을 팔고 시골에 있는 논밭을 팔았다. 그는 초라한 셋집에 들었다. 생활의 곤란이 뒤이었다. 그러나 노신호의 타격은 그로써 끝난 것이 아니다. 노신호는 선거 도중 당국이나 자유당에 의해서 빨갱이란 낙인이 찍혀버린 것이다. 가까이서 겪은 우리들로서는 도무지 납득이 안 가는 얘기였다. 노신호는 어느 모로 보아도 공산주의자가 아니었다. 인간을 존중하고 민주주의적인 인격을 갖춘 사람을 진실한 반공인이라고 볼 때 노신호는 훌륭한 반공인이라고 할 수가 있다. 그런데도 그 후의 노신호는 빨갱이라는 낙인에서 벗어나지 못했다. 당국이 일단 노신호를 빨갱이라고 낙인을 찍고 난 뒤는 계속 그가 빨갱이라는 증거가 될 수 있는 사실만 수집해서 기록에 보태는 모양이었다. 그 기록이 노신호가 가는 곳마다 따라다닌 것은 물론이다. 그는 온전한 직장 하나를 구하지 못하고 이곳저곳을 전전했다. 그러한 정황 가운데서도 그는 게으름 없이 공부하고 활달하게 살았다.

4대 선거 때 노신호는 출마조차 하지 못했다. 자유당 정권이 무너진 해 5대 선거에 노신호는 출마할 수 있었다. 그러나 Y선배도 직장을 가지고 있었고 나 역시 그래서 한두 번 고향에 내려가 보았을 뿐 선거운동을 돕지 못했다. 그러나 우리들은 자유 분위기가 보장된 이번엔 노신호가 당선될 것이라고 믿었다. 그런데 결과는 뜻밖이었다.

"6년 전과는 전연 달라. 6년 전엔 연설을 하면 반응이 있었는데 이번엔 그것이 없더라. 공소한 말을 피하려고 하니까 할 말이 없고, 정치 정세를 투시하는 입장에서 허튼소릴 지껄일 수도 없고 그게 패인인 것 같아."

노신호는 이렇게 자조적으로 말했지만 뒤에 알고 보니 결국 노신호의 패인은 그에게 찍혀 있는 빨갱이란 낙인 때문이었다. 민주당은 새로운 전술로 노신호에게 대응했다.

한편에선 노신호가 빨갱이라고 선전하고 한편에선 그가 굉장한 애국자라고 선전했다. 굉장한 애국자라고 할 수 있는 근거로서 노신호가 6·25동란 때 많은 부역자를 잡아 당국에 넘겨주었고 보련 관계자를 처치하는 데도 큰 도움을 했다는 사실을 들었다. 물론 터무니없는 소린데 이와 같은 얘기를 부역을 한 경력이 있는 사람이나 보련 관계자의 유족들을 찾아 음밀한 시늉을 하며 속삭였다는 것이다.

"노 선생을 빨갱이라니 터무니없는 소리 마시오. 노 선생은 진정한 애국잡니다. 부역자를 찾아내는 데 공로가 컸고 보련을 죽이는 데도 큰 도움을 했으니까요."

이와 같은 경위를 사전에 알았더라면 아니 그 당시에 알기만 했더라도 무슨 수단을 쓸 수 있었던 것인데 모든 것이 지나고 난 후에야 이런 사실을 알게 된 것이다. 공비 때문에 시달린 지구에서 빨갱이라고 하면 발붙일 곳을 갖지 못하게 된다. 그래놓고 그 반대편에 있는 사람에겐 또 역선전을 해놓았으니 어떻게 될 것인가. 우리 고을의 생리를 알고 있는 나는 이것이 그의 결정적인 패인이었다고 단언할 수 있다.

그래도 당선은 못 되었을 망정 노신호는 많은 표를 얻었다. 그러나 이번엔 그것이 그에게 위로가 되지 못하는 것 같았다. 말은 안 했지만 노신호는 그러한 중상과 모략에 결정적인 충격을 느꼈고 그러한 모략의 작용을 받은 선거구민들에게 환멸을 느꼈던 모양이다. 노신호는 나를 직장까지 찾아와서 앞으론 정치를 단념하겠다고 하며 쓸쓸하게 웃었다. 그 석상에서였다. 노신호는

"앞으로 일 년이 못가 쿠데타가 발생할 거다. 두고 보람."
하는 말을 내게 남겼다. 그런 방면에 익숙하지 못한 나는 쿠데타가 어떤 것인지 몰라 그저 흘려들었는데 이듬해의 5월 혁명을 보고 새삼스럽게 노신호의 통찰력에 놀랐다.

5·16혁명 후에도 노신호는 표면에 나타나지 않았다. 들리는 소리로는 서울 어떤 공사장에서 날품팔이를 한다고 했는데 육년 전 돌연 나는 그의 부보訃報를 받았다.

달려가 보니 금호동 판자촌, 다 쓰러져가는 판잣집의 단칸 방에서 그는 영원한 잠길에 들고 있었다. 그 준수했던 이마엔 푸릇푸릇한 기미가 서려 있었고 맑은 눈동자는 부어오른 듯한 눈꺼풀이 덮고 있었다. 해박한 지식과 탁월한 통찰력을 담은 머리가 이미 하나의 물체가 되어 매장을 기다리고 있는 광경이 비수로서 찌르듯 나의 가슴을 찔렀다.

진정 나는 그를 의정단상에 세워보고 싶었다. 그가 있고 없고에 국사가 좌우되리라고까진 그를 과대평가할 수 없지만 확실히 국회의 빛이 되었을 것은 틀림없다. 뒤쫓아 온 Y선배는 노신호의 시체를 부둥켜안고 대성통곡을 했다.

"이런 인물을 매몰시켜버리는 이 한국이란 토양이 한없이 원망스럽다."

눈물을 씻은 다음 Y선배는 이렇게 말했는데 나는 그의 감상을 이해할 수 있을 것 같았다.

노신호의 무덤은 경기도 고양군에 있다. 중상과 모략·탄압 밖엔 받지 못한 고향에 돌아가길 싫어할 것이라고 짐작하고 몇몇 친구들이 뜻을 모아 그곳으로 정한 것인데 우리는 그의 비문을 위해 다음의 글을 새겼다.

'아마 성공할지 모른다.

그러나 확실히 죽는다.

그럼 마찬가지 아니냐.'

《아돌프》의 작가 콩스탕의 말이다.

천부의 재능과 성실과 의욕을 갖고도 패자敗者의 길을 끝내 걷지 않을 수 없었던 노신호. 지금도 그의 이름을 들먹이면 가슴이 쓰리다.

나는 금번 낙선한 K씨와 노신호의 생각을 번갈아하다가 잠을 자기로 했다. 유리창을 스치는 소리가 난다. 아마 비가 오는 모양이다. 나는 이 다음 공일 날씨가 좋으면 몇몇 친구와 더불어 노신호의 무덤이나 찾아볼까 했다. 초여름의 성록盛綠이 그 무덤을 둘러싸고 있을 것이다. 아득히 한강이 흐르는 조망을 즐기며 한잔 술을 나누면 이 해의 봄은 가고 여름을 맞이하는 셈이 된다.

고인의 무덤가에서 잔치를 벌이는 덧없는 행락은 살아 있기 때문의 주책이기도 하지만 머잖아 죽어갈 사람들의 촌가寸暇의 푸념이기도 한 것이다.

빗소리가 요란하다. 나는 몽롱해지는 의식 속에서 패자의 관冠이란 엉뚱한 관념을 되뇌어봤다. 월계관이 승리자의 관이라면 패자의 관은 무엇으로 어떻게 엮어야 할까. 패자의 관일수록 화려해야 되지 않을까. 예수가 골고다의 언덕을 기어오를 때 쓴 가시면류관은 이를 데 없이 화려한 관이었다.

패자의 관, 패자의 관, 나는 드디어 잠길에서 알았다. 패자의 관은 무형의 관이란 것을.

패자의 관은 하늘이다. 바람이다. 흙이다. 풀이다.

다시 생각해본다. 이 세상에 패자가 아닌 사람은 없다. 어떻게 장식해도 죽음은 패배다.

대영웅도 대천재도 한번은 패자가 된다. 그리고 영원히 패자로서 남는다.

'아마, 성공할지 모른다.

그러나 확실히 죽는다.

그럼 마찬가지 아닌가.'

＊《소설 알렉산드리아》, 한길사, 2006. (원출전: 《정경연구》, 1971년 7월)

내 마음은 돌이 아니다

내 마음은 돌이 아니다

그 사람을 생각하고 있으니 마음이 시詩의 빛깔로 고인다.

이끼가 끼기 시작한 석상石像의
그 바래진 슬픔을
살결에 스미이고
일월日月을 가두기 위해
그 사람은 그곳으로 떠났다.

그는 시詩를 싫어한 사람이다. 그의 말에 의하면 '시는 구체적인 슬픔, 개체적인 죽음을 추상적으로 일반적으로 때론 감동적으로 페인트 칠해선 슬픔의 또는 죽음의 또 다른 의미가

있는 것처럼 꾸민다. 허무를 노래해서 허무에도 원인이 있는
데 그 원인을 없애야겠다는 의욕을 마비시킨다. 절망을 노래
해선 절망 속에 무슨 구원이 있는 것처럼 조작한다. 총알 하나
면 말살할 수 있는 인간을 무슨 대단한 존재처럼 추켜올리기
도 하면서 무수한 생명을 짓밟은 발에 찬사를 새긴 꽃다발을
보내는 노릇이다.' 그런데도 그를 생각하면서 어줍잖게 시를
모방하는 심성으로 기울어든다는 게 무슨 까닭인지 알 수가
없다.

그는 나와 가깝지도 멀지도 않은 사람이었다. 그에게 애착
이나 동정을 느끼고 있는 바도 아니다. 그런데도 나는 그를 지
나쳐 버릴 수가 없는 것이다. 그 사람의 이름은 노정필盧正弼.

작년의 추석날이다. 절사節祀를 지내고 아이들을 중부仲父의
위패를 모셔놓은 절로 보내곤 나는 거리로 나왔다. 명절의 거
리는 언제나 을씨년스럽다. 나는 문득 노정필 씨를 찾아볼 생
각을 했다. 그와는 거의 반년 동안 만나지 않고 있는 터였다.
내가 간다고 해서 반겨줄 사람도 아니고 굳이 그를 찾아봐야
할 필요나 의리가 있는 것도 아니었지만 명절에 느껴보는 고
독감이 자동차를 그리로 돌리게 한 것이다.

오후 세 시쯤에 그 집으로 통하는 골목 앞에 이르렀다. 나는
집 앞에 서서 '하영신'이란 문패를 바라보며 잠깐 동안 망설였
다. 아직도 문패의 이름을 고치지 않고 부인의 이름 그대로 둔

것을 보니 노정필은 반년 전에 본 석상石像 그대로일 것이 틀림없을 것 같았다. 나는 서둘러 불쾌한 기분을 사러 가는 셈이로구나 싶었다. 그런 탓으로

"여보세요!"

하고 대문을 두드려 보기엔 약간 용기가 필요했다.

문은 쉽게 열렸다. 심부름을 하는 노파가 연 것이다. 뜨락에 들어선 나는 마루 끝에 서 있는 하영신 여사의 차림과 맵시에 우선 놀랐다.

"아이구, 이 선생님이 오시네."

하고 반기며 버선발로 마루를 내려서는 하영신 여사는 흰 바탕에 돈판 무늬가 놓인, 게다가 소매 끝과 옷고름에 반회장을 곁들인 갑사 치마저고리를 단정하게 입은 날아갈 듯한 모습이었다. 그렇게 옷치장을 한 하 여사를 본 것은 그때가 처음이었다.

마루에 돗자리를 깔고 앉을 방석까지 내놓으며 나를 앉으라고 권하곤 인사말에 이어

"우리 집 그인 성묘하러 고향에 가셨습니다."

했는데 그 얼굴엔 가눌 수 없는 기쁨이 빛나고 있었다.

"노 선생이 성묘를요?"

나는 놀라며 되물었다. 내가 인식하고 있는 노정필로선 성묘란 어림도 없는 일이었다.

송편과 과일과 식혜가 놓인 상이 날라져 왔다.

"부끄럽지만 이게 우리 집 추석 음식의 전부랍니다."

하고 상을 고쳐 놓으며 숙인 하 여사의 뒷머리에 비취의 쪽이 꽂혀져 있는 것이 눈에 띄었다.

갑사 치마저고리에 비취의 쪽! 그것은 만석꾼의 딸이며 며느리였다는 사실을 상기시키는 것이었다. 그런 차림을 해놓으니 육십에 가까운 여인이라곤 도무지 볼 수가 없었다. 기껏 쉰 살, 먼 빛으론 사십세 안팎으로 통할 것 같았다. 남편이 성묘를 갈 생각을 했다는 그 사실이 부인을 이처럼 젊게 아름답게 한 원인이란 생각은 안타까웠다. 나의 이런 감회를 눈치챘음인지 하 여사는

"이십수 년 만에 이렇게 한 번 입어 봤습니다.

하곤 수줍게 덧붙였다.

"에미가 하두 권하는 바람에요."

에미란 심부름 하는 노파를 말한다. 내가 듣기론 하 여사가 시집을 올 때 청상과부의 몸으로, 몸종으로 따라왔다가 평생을 같이 지내게 되었다는 사람이다. 어떤 일이 있어도 아씨의 곁을 떠나지 않겠다는 것이 평생토록 변함없는 신념이라고 했다. 20년 동안이나 감옥살이를 한 사회주의자社會主義者의 가정에 이런 봉건유물이 실재해 있다는 건 그로서도 애깃거리가 되고도 남는다.

"노 선생이 많이 변하신 모양이죠?"

"변한 건 없어요."

"성묘를 다 가시구."

"변했다면 그 정도겠죠."

"요즘도 말씀이 없으십니까."

"매양 한결 같습니다. 성묘를 가시겠다고 하면서부터 꽤 많은 말을 하셨지만요."

"기쁘시겠습니다."

"기쁘고말구요."

"저두 기쁜데 부인께서야 오죽 하시겠습니까."

하 여사는 얼굴을 떨구었다. 소매에서 손수건을 꺼내 조용히 눈언저리에 댔다. 나이가 들어도 여자는 소녀와 같은 감상感傷을 잃지 않는 모양이다.

나는 무심결에 시선을 이곳저곳으로 돌렸다. 부부방까지 합쳐 방이 세 개, 대청마루란 이름이 어색할 정도의 좁은 마루, 수도 있는 곳을 빼면 공지가 별로 없는 비좁은 뜰로 되어 있는, 초라하기 짝이 없는 집 구조인데도 초라한 느낌이라곤 없어 뵈는 청결함이 맑은 가을의 공기와 더불어 향기처럼 서려 있다.

선뜻 블록 담장 아래, 그 담장을 끼고 두세 뼘 가량의 폭으로 화단이 일궈져 있는 게 눈에 띄었다. 전에 보지 못했던 것이다. 화단엔 보랏빛 도라지꽃이 시들어가고 있었고 그 사이사이에 빨간 꽃잎과 샛노란 술이 선명한 대조로서 사랑스런 꽃들이 다소곳이 피어 있었다.

하 여사가 얼굴을 들었다. 무료를 메꿀 필요가 있기도 해서 물었다.

"저거 무슨 꽃입니까."

"사철 채송화란 겁니다."

"국화꽃도 있는 모양이네요."

"국화도 있습니다. 좁은 곳에서도 꽃은 피네요."

"노 선생이 꽃을 심었습니까?"

"그이가 꽃을 심을 어른이던가요?"

"차차 꽃을 심게도 될 겁니다."

"모르죠."

"성묘를 하실 마음까지 냈으니 꽃을 가꿀 생각도 안 하시겠습니까."

하 여사의 눈이 먼 눈빛으로 되었다. 그 눈빛을 좇은 저편에 맑은 하늘이 있었다. 왁자지껄 하고 어른 소리 아이들 소리가 섞인 일행이 문 앞을 스쳐갔다.

노정필은 무기형無期刑에서 감형된 20년의 형기를 꼬박 채운 사람이다. 그동안 친 아우를 사형장死刑場에 잃기도 했다. 2년 전에 출옥했는데 출옥 이래 전연 말을 하지 않았다. 실어증失語症에 걸린 사람이 아닐까고 처음 얼마 동안은 내 자신이 의심해 봤을 정도였다.

찾아오는 친척이나 친구에게 인사말 한마디 없으니까 완전히 세상과는 담을 쌓고 지내려는 각오인가 보았다. 하도 끈덕지게 군 나에게만은 몇 마디 말을 한 적이 있지만 그것은 특례에 속한다. 돌이 되어버린 사람, 사람의 형상을 지닌 돌이니 석상石像일 수밖에 없는 사람! 그것이 내가 알고 있는 노정필 씨였다.

부인의 말에 의하면 어떻게 어떻게 쳐서 먼 사돈이 된다지만 나와 그와의 관계엔 그의 상필이 중학 시절 나의 2년 선배라는 인연밖에 없다. 그 아우 상필이란 사람이 형장刑場의 이슬이 된 것이다. 그러니 내가 노정필에게 접근한 것은 순전한 호기심 탓이었다.

만석꾼의 아들이 형은 무기징역을 받고, 아우는 사형을 당하게 된 동기와 과정이 무엇일까. 좌익운동을 했다고 치더라도 너무나 중형重刑이 아닌가, 그 사상이 어느 정도로 철저하며 지금의 심정은 어떠할까, 나는 이런 것을 알고 싶었다. 그러나 입을 열지 않는 그로부터 그런 사실을 알아낸다는 건 불가능한 일이었다. 나는 호기심마저 포기했다. 그래 반년 동안 발을 끊었다.

그러한 노정필이 한사코 고향엔 돌아가지 않겠다고 버텼다는 바로 그 사람이 어떤 심정의 변화로 성묘할 생각을 했을까.

"어떻게 그런 생각을 하게 되었을까요."

마음속의 중얼거림이 물음으로 되었다.

"글쎄 말입니다."

하 여사는 고개를 갸웃했다. 그건 육십 가까운 여인의 동작이라기보다 소녀의 동작이라고 할 수 있는 그런 동작이었는데 고개를 갸웃한 자세 그대로 하 여사는 조용히 말을 엮었다.

"바로 나흘 전의 밤이었습니다. 책을 읽고 계시더니 여보, 하고 부르시지 않겠어요? 그 말소리가 어찌나 부드러운지 가슴이 철썩 내려앉았습니다. 왜 부르셨느냐고 물었죠. 그랬더니 나, 이번 추석엔 성묘하러 가야겠다고 하시잖아요?"

하 여사의 말소리가 떨렸다.

"하도 놀랍고 기뻐서 멍청하니 그일 쳐다보고 있다가 그럼 저도 같이 갈까요 했더니, 제가 같이 가면 일이 너무 번거롭게 될 거라면서 올해는 자기 혼자 가시겠다는 말씀이었습니다. 내년엔 저와 같이 가서 장인 장모의 성묘까지 하시겠단 말씀도 있었어요."

하 여사는 이 마디에서 또 뭉클한 가슴을 진정하는 시간을 가져야 했다.

"혼자 가시기로 결정을 하시곤 돈 쓸 줄을 모르니 걱정이라고 하셨습니다. 해방 후 얼마 동안을 제외하곤 돈을 만져 본 일이 없어났으니 무리도 아닌 얘기죠. 쌀 한 되 값이 얼마, 고향까지의 기차비가 대강 얼마, 자동차비는 대강 얼마 하는 식으로 가르쳐드렸습니다. 그랬더니 웃으시며 하는 말씀이 중학교에 입학했을 때 삼촌으로부터 돈 쓰는 법을 배웠는데 그때 생각이 난다는 얘기였습니다. 그리고 아무리 궁하게 살기로서니 오랜만에 고향에 돌아가시는데 맨손으로 갈 수야 없지 않아요. 열촌 이내의 조카들, 손주뻘 되는 아이들만 대강 헤아려 보아도 서른 명이 더 될 것 같았습니다. 연필을 사가지고 가기로

했죠. 이왕이면 고급품이라야 한다며 백화점엘 그것을 사러 갔습니다."

"노 선생이 백화점엘 가셨어요?"

"같이 안 가면 저도 안 가겠다고 난생처음으로 고집을 부려봤죠. 덕택에 이십수 년 만에 처음으로 부부동반하고 나들이를 했습니다."

"백화점엘 가보시고 무슨 말이 없으셨습니까."

"별 말씀은 없으셨지만 대단히 놀라신 것 같았어요. 추석 대목이라서 그런지 사람들이 들끓고 있었어요. 이렇게 모두들 경기가 좋은가 하고 중얼거렸습니다. 그리구 어쩌면 그렇게 좋은 물건이 많은지. 그인 이게 모두 어느 나라 상품이냐고 물어보았어요. 전부 국산품이라고 하니까 믿으려 하시질 않아요. 백화점 사람이 국산품 아닌 물건은 백화점에선 팔지 못한다고 하니까 그인 이상한 얼굴을 하셨어요."

"연필은 사셨습니까."

"열 다스를 샀습니다. 일가 애들만이 아니라 동네 애들에게도 줘야겠다면서요. 집에 돌아와 연필을 깎아 써보시더니 대단히 감탄하시던데요. 썩 좋은 연필이라구요. 오랜만에 연필을 쥐어보니 감동이 새로웠던 모양입니다. 한참 동안 쓰고 계셨으니까요."

"그때 노 선생이 쓰신 종이를 혹시 남겨두셨습니까."

"남겨두고말고요. 이십수 년 만에 그이가 글 쓰는 걸 처음

본 것인데 그걸 버릴 수 있겠어요? 버리는 척 해놓곤 몰래 간수해두었습니다.

"그걸 한 번 보고 싶은데요."

"뵈드릴 건 못 돼요. 그냥 의미도 없는 낙선데요."

"의미가 없어도 좋습니다. 이십수 년 만에 쓰셨다는 필적을 꼭 보고 싶습니다.

하 여사는 문갑 속에서 종이를 꺼내 내 앞에 놓았다. 가느다란 연필 글씨는 다음과 같이 적혀 있었다.

연필, 연필! 연필을 샀다. 백화점에서 연필을 샀다. 연필은 좋다, 대단히 좋다, 내 인생에 처음으로 연필을 손에 쥔 날은? 소년, 고향, 산, 바다, 이것이 국산품이라고? 우리 사람이 만든 연필이라고? 연필을 만들 수 있는 손은 문화를 만들 수 있다. 학문은 연필로부터, 로마에서 먼 길. 돈키호테의 갑옷, 거미줄로 꽉찬 폐품 창고, 착각을 신념인 양 오인하고 있는 폐인?……

나는 그 마지막 부분에서 얼굴이 화끈함을 느꼈다. 그건 분명히 내가 쓴 적이 있는 글귀였다. 그가 내 작품을 읽은 것이 분명했다. 그 글귀가 들어 있는 작품은 노정필에 대한 나의 절연장絶緣狀 비슷한 것이다. 그가 읽을 경우를 예상하고 쓴 것이지만 막상 읽었다는 확인을 하고 보니 당황감이 앞섰다.

"노 선생이 내 작품을 읽으신 모양이구먼요."

나는 겸연쩍스럽게 말했다.

"선생님이 쓰신 것을 잘 읽으십니다. 사위가 고등학교 교사로 있는데 이 선생님이 쓰신 것만 있으면 꼭꼭 가지고 와요. 저도 이 선생님 쓰신 건 읽습니다."

"내가 쓴 것에 관해서 말씀은?"

"아무 말씀이 없었습니다."

"불쾌한 빛은?"

"왜 불쾌하겠어요?"

그러나 나는 불쾌하지 않고서야 연필을 들자마자 노정필이 그 글귀를 복원復元했을 리 만무하다고 생각했다. 그리고 갖가지로 그의 동정動靜을 알고 싶어 이런저런 얘길 꺼내보았으나 석상石像으로서의 나날에 무슨 단서가 있을 까닭이 없었다.

시간이 꽤 오래 되었다. 나는 자리를 뜨기에 앞서 이런 말을 했다.

"아무튼 노 선생께선 인생을 다시 시작해볼 생각을 가지신 모양입니다. 부인께선 청춘을 다시 시작하셔야겠습니다."

"청춘을요?"

하 여사는 소녀처럼 얼굴을 붉혔다.

"그이가 그만큼이라도 변하게 된 건 이 선생님의 덕택이라고 생각해요."

"천만의 말씀을."

"아닙니다. 줄곧 일 년 동안을 입을 다물고 있는 그이의 입을 최초로 열게 한 건 이 선생입니다. 그인 이 선생이 쓰신 것을 열심히 읽기로 했습니다. 그 밖에 하신 일이라곤 없거든요. 접촉한 사람도 없구요."

그런 얘기를 듣고 보니 좋은 뜻이건 나쁜 뜻이건 노정필의 인간회복人間回復에 내가 다소나마 도움이 되지 않았을까 하는 생각이 들었다.

"앞으론 자주 놀러 오세요, 이 선생님이 안 오시니 말씀은 안하셔도 그인 퍽 섭섭한 모양이었어요."

문간에서 하영신 여사가 한 말이다.

"또 오겠습니다."

하는 말을 남기고 그 집 문을 나섰을 때 추석의 명월이 동쪽 하늘에 있었다.

집으로 돌아와서 나는 노정필에 관해 쓴 나의 기록을 뒤져 보았다. 그 가운덴 다음과 같은 구절들이 있다.

그는 나의 〈소설·알렉산드리아〉를 읽고 일종의 분노를 느꼈던 것이 분명하다. 육신의 동생을 사형장에서 잃은 사람, 그 자신 죽음의 고빗길을 몇 차례 겪고 20년의 감옥살이를 한 사람의 눈으로써 보았을 때 나의 작품은 잔재주를 부리기 위해선 신성모독神聖冒瀆까질 삼가지 않는 가장 추악하고 가장 비열한 심성心性의 증거물처럼 보였을 것이다.

노정필 씨는 오늘도 내가 그 집을 나올 때 인사말이 없었
다. 이를테면 철저한 황제로서의 처신이다. 나는 바로 그 점
을 기점起點으로 해서 그를 경멸할 재료를 만들 수가 있다. 그
가 어떤 주의主義와 사상으로 잔뜩 무장한 성城이라고 치고,
내가 철저하게 서두르기만 하면 그 무장이 기실 돈키호테의
갑옷이며, 그 성의 내부는 거미줄로 꽉 찬 폐품 창고나 다름
없다는 검증檢證을 해낼 수 있을지도 모른다. 그가 쌓고 겪은
경험의 진실眞實이란 것이 사실은 녹슨 칼과 창이란 것을 증
명할 수 있을지도 모른다. 어떤 착각을 신념인 양 오인하고
있는 하나의 폐인廢人을 발견할지도 모르지만 설혹 그렇다고
치더라도 나는 그를 우리 민족의 수난이 만들어낸 수난의 상
징으로 보고 소중히 감싸줄 아량을 가지고 있다. 나는 그로부
터 미움을 받으면서도 예의를 잃지 않았다. 그의 도발에 성내
지 않았다. 내가 그에게 접근한 덴 아무런 불순한 동기도 없
었다. 그는 그것마저 경멸할지 모르지만 인간적인 호의, 약간
의 호기심, 그런 것뿐이었다.

이상과 같은 글귀를 다시 읽어보고 나는 과히 흠잡힐 곳이
없다고 생각했다. 그런데 나는 어느 작품에서 가톨릭의 신봉
자 박영희 군과 마르크스주의자인 노정필을 대비해 놓고 은근
하나마 결정적인 판정判定을 내렸다. 그 대목은 이렇다.

노정필 씨와 이 친구를 비교해서 우열을 말할 수는 없다. 그
러나 인간은 인간적인 사람을 좋아하게 마련이다. 나는 천주

교를 믿을 생각은 없지만 그 친구(박희영)의 천주만은 믿고 싶은 생각이 있다. 인간이 보다 인간적일 수 없도록 하는 계기가 되는 천주란 기막힌 존재가 아닌가.

이 글귀의 배후엔 인간을 인간답지 못하게 하는 노정필의 마르크시즘에의 상정想定이 있다. 그는 분연한 태도로 내게 말한 적이 있다.

"이 선생은 간혹 내 앞에서 마르크스주의의 과오 같은 것을 증명해 보이도록 하는데 그런 수작은 앞으로 말도록 하시오. 나와 마르크스주의와는 아무런 관계도 없소. 내가 이해한 마르크스주의는 꼭 같은 물인데도 젖소가 먹으면 젖이 되고 독사毒蛇가 먹으면 독이 된다는 이치理致일 뿐이오."

그런데 이 이상으로 마르크스주의자로서의 자기 증명이 또 있을 수 있을까. 실천운동을 못한다는 뜻으로 마르크스주의자로서의 실격失格을 표명하곤 그 진리엔 집착執着하고 있다는 뜻으로 들은 내 이해가 잘못이었단 말인가. 그런 까닭에 나는 다음과 같은 격한 감정을 표출하기도 했던 것이다.

노정필 씨는 시인이 아닌 나를 보고 시인이라고 했다. 시인이 무슨 대역大逆을 범한 죄인처럼 비난하고 그 비난을 결국 내게 돌렸다. 과연 그럴 수 있는 일일까. 말하자면 시인은 나 때문에 본의 아닌 모욕을 받은 셈이었다. 나는 그 시인들을

위해 변명해야 할 것이 아닌가. 그러자면 노정필 씨가 미워하
는 시인이 되어야 할 것이 아닌가. 내 속의 시인을 발견해선
그 시인을 가꾸어야 할 것이 아닌가. 만萬 권卷의 기록을 한
줄의 시로써 능가할 수 있는 시를 증거로서 제시해야 할 것
아닌가. 노정필 씨는 아마 하늘은 비가 오기 위해서 있고, 거
리는 교통사고를 있게 하기 위해서 있고, 집은 그 속에서 사
람이 죽기 위해서 있고, 성공보다는 빛나는 실패를 위해서 인
생은 있다는 사실을 모르는 모양이다.……때론 허무虛無를
보다 정치精緻하게 하기 위해서 천재天才를 필요로 할 경우도
있다. 노정필 씨의 인간회복은 그러고 보니 그가 미워하는 환
각幻覺을 가꾸는 길 외엔 달리 도리가 없다.

나는 기록을 덮어놓고 잠시 생각에 잠겼다. 그러나 그처럼
완강히 거부하던 귀향歸鄕 길을 떠나 성묘까지 하게 되었다는
것은 확실히 인간회복에의 그의 의사를 표명한 것이 아닐까.
노정필과 만날 기회를 기다려볼 만했다.
그 기회는 의외로 빨리 왔다.
추석이 지난 일주일쯤 되던 날 노정필이 나를 찾아왔다.
"제 집을 찾으셨더라구요."
서재의 소파에 앉으며 노정필이 한 말이다. 내가 그의 집을
찾아간 데 대한 인사를 하러 왔다는 그런 말투였다. 그러나 말이
란 그뿐, 그는 소파에 덤덤히 앉아 있을 따름이다. 담배를 피우
는 등의 동작도 없으니 종전 그대로의 영락없는 석상石像이다.

“고향에 가셨다죠?”

“모두들 열심히 살고 있습니다.”

열심히라는 그의 말이 내 귀에 새로웠다.

“성묘를 하셨다죠?”

“허망합디다.”

“뭣이 허망하더란 말입니까.”

“산천이 허망합디다.”

“산천은 의구依舊할 텐데요.”

“그러니까 더욱 허망합디다.”

“빼앗긴 산천이란 느낌이던가요?”

일순 노정필의 표정이 굳어졌다. 그러나 곧 풀렸다. 눈언저리에 주름이 잡혔다. 그건 딴으론 미소였다. 그의 얼굴에 미소가 일다니, 그것도 새로운 발견이었다.

“그렇게 이 선생은 나를 꼬집고 싶소?”

노정필의 눈이 나를 정면으로 보고 있었다.

“꼬집다뇨, 그게 무슨 말씀입니까.”

“내가 어쨌다고 빼앗긴 산천이란 느낌을 갖겠소?”

차가 날라져 왔다. 노정필은 찻잔에 입술을 대는 듯 만 듯 하고 다시 석상의 자세로 돌아갔다.

“부인께서 대단히 기뻐하십디다.”

무심결에 내가 한 말이다.

“불쌍한 여자.”

하더니 곧 다음과 같이 그는 말을 이었다.

　"불쌍한 사람이 어디 그 사람 하나뿐이겠소만."

　"삼천만이 전부 불쌍하다, 그런 뜻입니까?"

　"또!"

하며 그는 정색을 했다. 또 꼬집느냐, 하는 그런 뜻일 것이었다.

　"가장 가까이에 있는 사람을 행복하게 해줄 수 있다는 것만으로도 대단한 일 아닙니까."

　나는 신랄한 반응을 예상했는데 그는 뜻밖에도 순순히 받아들였다.

　"행복하게 해줄 수만 있다면야 오죽이나 좋겠소."

　확실히 그의 내부엔 커다란 변화가 일고 있었다. 나는 대담하게 말해봤다.

　"인생을 다시 시작해 볼 각오를 해보시죠."

　그의 표정이 싸늘하게, 시니컬하게 일그러졌다.

　"인생이니 행복이니, 이 선생은 어려운 말씀만 골라 하시는군. 그런데 어떻게 하는 게 인생을 다시 시작하는 겁니까."

　"생활에 열을 내보는 겁니다."

　"열이 없으면 썩진 않습니다."

　"썩질 말고 발효醱酵하면 되잖습니까."

　"쉰 술을 만들게요?"

　"쉰 술은 초로 쓸 수도 있지 않습니까."

“허기야 썩은 것도 비료로 쓸 수는 있지.”

“요컨대 호랑이 무서워 산을 피하겠단 말씀이구먼요.”

노정필은 입을 다물어버렸다. 그런 상대를 두고 나 혼자만 지껄일 순 없다. 침묵이 흘렀다.

그 침묵의 저편에서 라디오의 시종이 울렸다. 이어 또록또록하게 뉴스를 전하는 아나운서의 소리가 들려왔다. 내 집 건너편 쪽에 있는 라디오 가게로부터 흘러든 소리다. 아나운서는 쿠데타 이래 포르투갈에 최대의 위기가 닥쳤다는 사실을 보도하고 있었다.

“포르투갈에 쿠데타가 있었소?”

노정필이 물었다.

나는 어이가 없었다.

“노 선생은 포르투갈에 쿠데타가 있었던 것도 모르오?”

“신문도 안 읽고 라디오도 듣지 않는데 어떻게 그런 것을 알겠소.”

“철저하시구먼.”

“한데 살라자르가 쫓겨났습니까.”

“살라자르는 7년 전에 죽었소. 이번에 쫓겨난 건 카에타노 정권입니다.”

“쿠데타를 한 세력은?”

“군부죠.”

“그럼 정권의 성격은 변하지 않겠군요.”

"그렇지도 않습니다."

하고 나는 카에타노 정권을 전복한 젊은 장교단將校團과 그들이 혁명의 간판으로 내세운 보수적인 장군들 사이에 갈등이 있다는 것, 그 갈등 때문에 국민적인 영웅이며 혁명정부의 수반인 스피놀라 장군이 사임했다는 것, 그 뒤로 포르투갈의 정국은 혼미를 거듭하고 있다는 등등의 설명을 했다.

"젊은 장교단의 사상적 색채는?"

"아마 공산당과 밀접한 관계를 가지고 있는 것 같습니다."

"공산당과?"

"그렇습니다. 만일 포르투갈이 공산화되면 유럽에선 유일한 공산국가가 되는 게지만 포르투갈에서 공산당은 성공하지 못할 겁니다."

"어떻게 그런 단정을 합니까."

"너무 과격해서요. 그렇게 과격해갖곤 민심의 지지를 받지 못할 것이 뻔합니다. 남로당과 비슷하죠. 남로당도 너무나 과격해서 실패한 것 아닙니까."

나는 필요 이상으로 남로당에 강점을 두어 말하며 그의 눈치를 살폈다. 그는 대꾸할 기세를 보이지 않았다. 나는 그의 뱃을 자극할 양으로 이렇게도 말했다.

"하기야 남로당엔 억지만 있었지 전술다운 전술도 없었으니까."

노정필은 눈을 감고 있었다. 그 표정엔 아무런 감정의 흔적도 없었다. 나는 익살을 계속했다.

"수많은 당원과 양민을 죽여 놓곤 이 땅에 발도 못 붙이고 이북으로 가선 김일성의 손에 모조리 떼죽음을 당하구…… 남로당 같은 정당은 세상에 없을끼라."

이어 나는 공산당을 공격하기 시작했다. 그러자 노정필은 스스로 눈을 뜨며 조용히 말했다.

"이 선생, 나만 보면 이 선생은 공산당을 신이 나게 공격하는데 무슨 오해가 있는 게 아닙니까. 전에도 말한 적이 있습니다만 나와 공산당과는 아무런 관계도 없습니다. 그리고 이 사회를 어떻게 하려는 의사도 없어요. 내가 신문도 읽지 않고 라디오를 듣지 않는 것으로도 알 수가 있지 않습니까. 나와 공산당과는 아무런 관계도 없습니다."

"노 선생, 좀 솔직하실 수 없습니까. 난 선생의 마음을 알고 싶어요. 선생의 마음을 알았다고 해서 해가 될 일은 안할 겁니다."

"어떻게 솔직하란 말요."

노정필 씨의 얼굴엔 분연한 빛이 돌았다. 나는 이런 얘기를 했다.

"6·25 직후, 내가 진주에 살고 있었을 땝니다. 빨치산을 하다가 붙들린 청년이 있었습니다. K라는 사람이었죠. 세위 있는 집안의 아들이기도 해서 내 딴으론 있는 힘을 다해 그의 편리를 보아주었죠. 나와 아는 사이인 형무소의 교무과장에게 잘 봐달라는 부탁도 하구요. 어느 날 교무과장이 나를 찾아와

K를 전향시키는데 협력을 해달라는 거였소. 그 이튿날엔가 내가 형무소엘 갔죠. K를 교무과장실에서 만나게 되었는데 자유스런 분위기를 만들 셈으로 교무과장은 자리를 비웠습니다. 나는 온갖 말을 다하며 K에게 전향을 권했죠. 그랬더니 결론적으로 그가 한 말은 이랬습니다. 선생님이 내게 베풀어준 호의에 보답하기 위해서라도 가능한 일이기만 하면 나는 전향도 하겠고 그 이상의 일도 하겠습니다. 그러나 내겐 전향이란 있을 수가 없습니다. 어디서 어디로 전향한단 말입니까. 내가 지금 공산당 당원이면 공산당을 안 하겠다는 뜻으로 전향을 할 수도 있지만 나는 지금 공산당원이 아닙니다. 비록 과거엔 공산당이었어도 붙들린 그 순간 자동적으로 공산당원으로선 실격한 것입니다. 공산당원으로서의 자격이 없어진 것입니다. 지금은 그러니 공산당 당원이 아닙니다. 공산당원이 아닌 사람이 공산당 당원을 안 하겠다고 나서는 건 우습지 않습니까. 파면 당해 이미 관직에서 물러나 앉은 사람이 새삼스레 사표를 쓰는 거나 마찬가지 아닙니까. 이런 얘기였어요. 솔직하게 전향할 생각이 없다면 그만일 것을 그런 궤변을 꾸며대는 게 약간 섭섭합니다. 노 선생의 말투에서도 꼭 같은 느낌을 얻었다, 이 말씀입니다.”

석상 같은 노정필의 표정이 이지러졌다. 딴으론 그것이 웃는 표정이었다.

“이 선생 뜻은 잘 알겠소. 그런데 내가 공산주의자라고 치고 이 선생은 왜 내게 그 사상을 포기하라고 권합니까."

"보다 넓게 세상을 보시게 하기 위해서죠. 보다 깊게, 보다 진실되게 인생을 사시도록 하기 위해서요."

"일리가 있는 말이라고 들어주겠소. 그러나 난 공산주의자도 못 되는 사람이란 걸 잊지 마십시오."

노정필과 나는 그날 세 시간 동안이나 이야기를 하고 지냈다. 겨우 말동무로서의 공통의 바탕을 찾은 느낌으로 나는 기뻤다.

돌아가는 그에게 나는 솔제니친의 책을 몇 권 싸주며 농담조로 말했다.

"그걸 읽으신 뒤 타족을 합시다."

겨울 추위가 본격적으로 시작된 어느 날이다. 늦은 강의를 마치고 대학에서 돌아오는 길에 노정필의 집엘 들렀다. 달반 동안이나 만나지 않은 그가 어떻게 변해 있는지 궁금하기도 했다.

노정필은 집엔 없었다. 그러나 곧 돌아올 것이란 부인의 말도 있고 해서 방으로 들어가 기다리기로 했다.

"노 선생은 이렇게 종종 나들이를 하십니까."

"요즘 목공소엘 다니고 있어요."

"목공소엘?"

"목수로서 일하고 있습니다. 그러실 것 없다고 해도 꼭 일을 하시겠답니다. 벌써 한 달이 넘었어요."

그렇다면 나를 찾아온 뒤 곧 목공소에 취직한 것으로 된다.

"그래 힘들진 않으신 것 같습디까."

"재미가 나는 모양이에요. 며칠 전엔 월급을 타오셨던데요. 이 세상에 나곤 처음으로 받아보는 월급이라면서 퍽이나 기쁜 모양이었습니다."

"실례지만 월급은 얼마나."

"6만 7천 원이었어요."

"거액인데요."

하 여사는 웃었다. 그리고 한다는 말이

"덕택으로 생활비는 줄어들게 됐어요. 그 수입이 있다고 해서 누구의 도움도 받지 않겠다고 그이가 서두는 바람에요."

여섯 시쯤에 노정필이 돌아왔다. 여전히 여윈 얼굴이었지만 화색이 있어 보였다.

"요담 일요일에 이 선생을 찾아볼까 했는데."
하고 그는 수줍게 웃었다.

"하실 말씀이 있습니까."

"솔제니친을 읽었습니다. 그래 토론을 해야 할 것 아닙니까."

"목공소에서 일을 하시면서도 책을 읽을 수 있었어요?"

"밤 시간이 있으니까요. 그리고 8시간 노동, 오전 오후로 각각 30분 쉬고 점심시간이 한 시간이니까 정미 6시간 노동인데

56

다 토요일은 반휴, 일요일은 노니까 책 읽은 시간은 충분합니다."

그러면서 노정필은 담배를 피워 물었다.

"담배를 피우게 되었습니까."

"일을 하자니까 피우게 되더구먼. 쉬는 시간에 하품만 하고 있을 수도 없고."

"담배를 피우시니까 어울리는데요."

"돌부처는 면하겠습니까?"

노정필은 퍽이나 기분이 좋아 보였다.

"어떻게 목공소엘 나가실 결심을 하셨습니까."

"열을 좀 내라고 한 건 이 선생 아니오?"

"노동 사정은 어떻습니까."

"생각하기보단 좋습디다."

"보통의 능력으로 보통의 노력만 하면 사람답게 못 살 바는 아니라는 그런 생각은 해보시지 않았습니까."

"글쎄요."

"나는 대한민국이 보통의 능력을 갖고 보통으로 노력만 하면 살 수 있는 나라라고 생각해요. 정치가 그 정도로만 되어 있다고 하면 이 어려운 환경 속에 있는 나라치고 더 이상 바랄 것이 없지 않습니까."

"그럴까요?"

노정필은 애매한 대답을 했다.

"정치에 너무 많은 것을 기대하는 건 잘못이라고 생각해요. 정치에 너무 많은 것을 기대하니까 과격파過激派가 생겨나는 것 아니겠습니까. 좌익이나 우익이나 과격파는 모두 정치에 너무 많은 것을 기대하는 데서 나타나는 현상이라고 봐요. 정치란 본래 그렇고 그런 것이다 하는 한계의식限界意識을 갖고 부족한 건 각기 개인이 자기 자신의 수양과 노력으로써 채우도록 해야 하는 건데."

"그렇게 하면 이 선생 같은 건전한 인격과 인생관이 형성된다, 그건가요?"

노정필의 말엔 약간 가시가 돋혀 있었지만 말투는 부드러웠다.

"제 말에 어디 틀린 게 없습니까?"

"틀리지 않은 말이 전부 옳은 말은 아니니까요. 그래 이 선생은 대한민국을 완전무결한 나라라고 생각해요?"

"완전무결이란 말이 어떤 뜻인지 모르겠습니다만 북쪽의 김일성이 지랄만 안 하면 이보다 훨씬 좋은 나라가 되겠죠."

"이북에 있는 사람은 꼭 그 반대의 말을 하겠지."

"북쪽에선 그렇게 말할 수 없을 텐데요. 공산당 정권의 생리 자체가 백성을 억압하는 시스템을 갖게 마련 아닙니까. 소련의 예가 있지 않소."

"이 선생의 말은 대한민국의 우등생이 하는 말 같구만."

"노 선생은 어떻게 생각하십니까. 솔제니친의 작품을 읽으셨다니까 묻는 말입니다."

"내 솔직한 심정은 소련도 커졌구나 하는 느낌이었소. 솔제니친 같은 반체제의 작가가 공공연하게 나타날 수 있다는 점에서요."

나는 책을 읽는 방법도 갖가지로구나, 하는 생각으로 웃고 다시 물었다.

"스탈린의 만행에 대해선 어떻게 생각하죠?"

"스탈린의 만행이 어떻건 자체 내에서 그만한 비판을 할 수 있다는 게 대단한 일 아닙니까?"

"그런 흉물이 있게끔 한 것이 공산당의 생리라곤 생각하지 않으세요?"

"그건 생리가 아니고 병리겠죠. 어느 조직인건 사람에게건 병이란 건 있는 거니까."

"병리를 통해서 생리를 볼 수 있는 겁니다."

노정필은 덤덤히 앉아 있더니 내게 다음과 같은 질문을 던졌다.

"이 선생은 모든 개혁改革에의 의사를 부정하는 겁니까. 개혁에의 의사란 근본적인 개혁을 지향하는 의사가 아니겠소. 그런 것을 부정합니까."

"개혁에의 의사를 부정하고 어떻게 살 수 있겠소."

"그렇다면 마르크스주의나 공산주의를 그런 개혁에의 의사로 보고 일단 승인할 순 없겠소."

"나도 마르크스주의의 일부의 진리는 승인합니다. 그러나 마르크스주의가 진실로 인간의 복지에 도움이 되려면 간디주의, 즉 마하트마 간디의 사상으로 세례洗禮를 받아야 한다고 생각해요."

"폭력을 배제해야 한단 말씀이군요."

"그렇습니다."

"간디주의는 그야말로 지나친 이상주의가 아닐까요."

"계급을 없애고 각 개인의 자유가 만인의 자유와 통하도록 해야 한다는 마르크스주의는 지나친 이상주의가 아니구요?"

"간디주의는 이상주의라고 하기보다 몽상夢想이라고 하는 편이 옳지. 몽상 갖곤 일보도 전진하지 못합니다."

"그래 마르크스주의는 몽상이 아니라서 계급 없는 사회란 간판을 내걸고 철저한 억압 사회를 만들었습니까."

"이렇게 되고 보니 내가 영락없이 마르크스주의를 대변하는 입장이 되어 버렸구려. 한데 그런 게 아니고 그 개혁에의 의사만은 존중할 줄 알아야 한다는 그 정도의 뜻입니다. 내 애긴."

"내가 말하는 건 마르크스주의 개혁에의 의사를 승인하되 간디주의의 세례를 거쳐야 한다는 뜻입니다. 노 선생은 간디주의를 한갓 몽상으로 처리하고 계시지만 결코 그런 것이 아닙니다. 폭력으로써 어느 목적을 달성할 수 있을지 모르나 폭력을 썼기 때문에 거기서 새로운 문제가 생겨선 달성한 그 목적의 보람을 망쳐버린다는 지혜가 함축되어 있는 겁니다. 그러니 폭력으로써 어떤 개인 어떤 집단의 일시적인 야심을 이룰 수는 있으나 인류가 염원하는 궁극의 목적은 달성할 수 없다는 뜻입니다. 스탈린인들 즐겨 그런 흉악한 짓을 했겠어요? 폭력으로써 잡은 정권이기 때문에 끝끝내 폭력으로써 지키지 않으면 안 되게 된 것 아닙니까. 폭력 없이 이룰 수 없는 일이라면 폭력을 써서도 이루지 못한다는 게 간디의 주장입니다. 간디의 독립사상도 마찬가지죠. 인도의 독립을 원하는 건 독립 자체가 귀중해서가 아니라 인도의 백성이 잘살기 위한 조건을 만들기 위해서 독립을 해야 한다는 거였습니다. 간디의 말이 있죠. 영국인이 인도에서 철수하는 게 독립이 아니다. 독립이란 평균적인 백성이 운명의 결정자가 자기 자신이며 선출된 대표를 통해 자기 자신이 입법자立法者라는 것을 자각하는 것이라고 했어요. 나는 어떤 정치사상이라도 간디의 사상과 결부되지 못하는 것은 악이라고 생각합니다. 나는 지도급에 있는 사람들이 좀 더 간디를 연구하고 이해했으면 해요."

노정필은 내 말을 듣고 있는지 없는지 모를 애매한 표정으로 벽을 쳐다보고 있더니 불쑥 말했다.

"이 선생이야말로 행복한 사람이요. 인도에서 간디를 떠메고 올 정도로 정열이 있으니까 말요. 지금 내겐 아무런 생각도 없소. 다만 이조李朝의 장롱 같은 목물木物을 한 개라도 만들 수 있었으면 하는 소원이랄까, 희망이랄까 그런 게 있을 뿐이오."

나는 한 대 호되게 얻어맞은 것 같은 얼떨떨한 기분이 되었다.

그로부터 또 몇 달인가 지났다.

사회안전법社會安全法에 대한 이야기가 정계의 일각에서 돋아 나 차츰 표면화하기 시작한 무렵이었다. 그 법률은 내게도 무 관한 것이 아니었다. 노정필의 반응이 어떨까 하는 생각이 일 기도 했다.

추위가 완전히 걷힌 봄날, 일요일 오후를 골라 나는 노정필 을 찾았다.

노정필은 마루에서 목재에 대패질을 하고 있었다. 뜨락엔 판자며 각목 같은 것이 쌓여 있었다. 어느덧 그 집은 목공소로 변하고 있었다.

"목공소를 차렸습니까."

인사말 대신 나는 이렇게 물었다.

"아냐, 공일을 이용해서 장롱을 한 번 만들어보려구요."

드디어 자기가 소원하는 일을 시작했구나 싶어

"예술품이 생겨나겠습니다."

하고 마루에 걸터앉았다.

하 여사는 없고 딸 집에 갔다면서 노파가 차를 날라왔다.

"여전히 신문을 보시지 않습니까."

"안 봅니다."

"라디오도?"

"안 듣습니다."

"무슨 소식을 듣지 않았습니까."

"못 들었는데요. 본래 삼불주의三不主義니까."

삼불이란 불견不見, 불청不聽, 불언不言을 말하는 것이다.

"무슨 좋은 소식이라도 있습니까."

노정필은 깎던 나무의 연장을 대강 설걷고 손을 털며 말했다. 나는 대답 대신

"요즘의 기분은 어떻습니까."

하고 물어봤다.

"나쁠 건 없죠. 그런데 곰곰이 생각해보니 이 선생의 생각이 옳아요. 정치에 지나친 기대를 가져선 안 되는 것 같아요. 사람은 제각기 노력해서 나름대로의 생활을 꾸려나가야 한다는 걸 알았소. 그리고 보통의 능력으로 보통의 노력을 해서 보통으로 살아갈 수 있는 사회면 더 바랄 것이 없다는 것이 이 선생의 말이었는데 그런 뜻에서 대한민국도 이 정도면 됐다는 생각을 하게 되었습니다."

그 말을 들으니 가슴이 무거워졌다. 그러한 노정필에게 내가 하려는 말은 너무나 음울한 것이었다.

"안색이 좋지 않은데."

하고 노정필은 내 얼굴을 살피더니

"어디 아프신 건 아닙니까."

했다.

나는 당황한 나머지 얼른 부인하고

"생각이 그렇게 달라지신 덴 무슨 동기가 있었을 것 아닙니

까.”

하고 물었다.

“동기가 뭐 있겠소. 매일매일 노동을 하고 있으니 차츰 마음
이 밝아진 게죠. 무엇을 만든다는 것, 노동의 보람을 보아가며
산다는 것, 그게 좋은 거더면, 목공소의 분위기도 좋구요. 모두
들 구김살이 없어요. 가난하긴 하지만 궁하진 않은 생활들을
하고 있거든. 그래 느낀 거죠. 이만한 생활 분위기를 만들어낼
수 있는 정치면 굳이 경계하고 반대할 필요도 없고 지나치게
몸을 도사릴 것까지도 없다고.”

“학생들이 데모를 했다는 소식은 듣지 못했습니까.”

“공장에 있는 아이들이 더러 그런 소린 하대요. 그러나 모두
들 냉담합디다. 돈푼이나 있어 갖고 대학에나 다니니까 까부
는 거라고. 비상조치도 당연하다고들 모두들 생각하고 있드
면. 그러니까 나도 당연한 거라고 생각할 밖에요. 자위책을 갖
지 않는 정부가 어디있겠소.”

나는 지금 내 앞에 앉아 있는 사람이 과연 몇 달 전까지 나
와 의견이 엇갈렸던 바로 그 사람인가, 하는 의혹마저 가졌다.
다소의 변화는 예상할 수 있었지만 이렇게 급격한 변화란 믿
어지지가 않았다. 그래 감탄을 겸해 말해보았다.

“노 선생은 많이 변했습니다.”

“진실엔 외면하지 않기로 했으니까요.”

그리고 한다는 말이 유신체제 지지 여부를 묻는 지난번의

국민투표에 이 세상에 나고 처음으로 투표를 할까 하고 마음 먹었다가 조금 쑥스러운 기분이 들어 자진 기권을 했으나 부인에겐 찬성 투표를 시켰다는 얘기를 했다.

나는 점점 하려던 말을 못하게 되어버렸다. 그래 일어서서 나오려 하는데 노정필이 나를 만류하며

"마누라가 곧 돌아올 테니 같이 술이라도 한잔합시다."

하는 것이 아닌가.

"술도 자시게 됐어요?"

"목공소의 친구들과 어울려야 하니까. 자연 술도 마셔야겠더먼. 많인 못 해도 맥주 같으면 두어 잔 합니다."

"이것이야말로 완전한 인간회복이군요."

나는 충심으로 기뻤다. 그러나 곧 어두워지는 마음을 어쩔 수가 없었다.

"마누라는 이 선생을 기다리고 있었소. 국민투표에 내가 시켜 찬성 투표를 했다는 자랑을 하고 싶은 모양입디다."

앉아 있으면 자꾸만 난처한 입장에 몰릴 것 같았지만 그렇게 권하는 노정필의 호의를 뿌리칠 수가 없었다.

할 말은 해둬야겠다는 결심을 했다.

사회안전법의 취지와 그 윤곽 설명을 들자 노정필의 얼굴엔 묘한 웃음이 번졌다. 일찍이 누구의 얼굴에서도 볼 수 없었던, 노정필의 얼굴에선 더구나 보지 못했던 그야말로 묘한 웃음이라고 할 밖에 없는 웃음이었다. 그러나 그건 순간적으로 꺼져

버리고 평시의 얼굴로 돌아갔다. 그리고 한다는 첫마디가 이랬다.

"당연한 일이지."

"당연하다뇨?"

"나는 이 정부가 너무나 관대하다고 생각했소. 그럴 까닭이 없을 텐데 하는 생각도 했구요."

"……."

"일제 때 보호관찰법이란 무시무시한 법률이 있었소. 그런 법률의 본을 안 보는 게 이상하다고 생각했지."

노정필이 건성으로 중얼거리고 있었다.

"그럴 줄 알았지, 당연한 일이지."

"그러나 모릅니다. 그 법률이 제정될지 안될지."

이렇게라도 말하지 않고 견딜 수 없는 기분이어서 내가 이렇게 말하자 노정필은 정색을 했다.

"두고 보시오. 절대로 그 법률은 성립됩니다."

나는 아무 말도 하지 않았다. 그러자 노정필이

"이 선생도 그렇게 되면 행동의 제한을 받겠구먼요."
하고 근심스러운 얼굴을 했다.

"난 어떤 법률이건 순종할 작정입니다. 나는 철저하게 나라에 충성할 작정이니까요. 소크라테스처럼."

"소크라테스?"

"소크라테스는 아테네의 정부로부터 국외로 나가거나 사형을 받거나 하라는 선고를 받고 사형을 받는 편을 택했죠. 아테네란 나라에 충실한 아테네의 시민으로서 죽기 위해서였죠.”

노정필이 야릇한 웃음을 웃었다.

“내가 소크라테스를 들먹이니까 우습습니까.”

“아닙니다. 이 선생에겐 소크라테스를 들먹일 자격이 있지요. 있고말고. 우선 비극적인 의미로서도 그렇죠. 아무런 보상도 바라지 않고 음으로 양으로 작가로서 많은 오해를 받으면서도 이 정부를 위해 노력하는데 학대, 그렇지, 일종의 학대를 받아야 한다니 그게 꼭 소크라테스의 운명과 비슷하지 않습니까.”

나는 헛허 하고 웃었다.

하영신 여사가 돌아오는 기척이 있자, 노정필은 내 귀에 나직이 속삭였다.

“내 마누라 앞에선 그런 말 하지 마시오.”

그날 밤, 나와 노정필은 실컷 술을 마셨다. 사회안전법의 ‘사’자도 입 밖에 내지 않고 바람 가고 구름 가는 소리만 하며 애써 유쾌한 기분을 날조했다. 그러면서 내가 물어본 말이 있다.

“노 선생은 대부호의 아들로서 왜 하필이면 그런 길을 택했소. 예술의 길도 있고 학문의 길도 있고 데카당의 길도 있는데 말요.”

“모든 길은 로마로 통한다고 생각한 거요.”

“로마로 통하는 길이 감옥으로 통해 버렸군요. 대부호의 아들이면서 무산자의 선봉자의 선봉에 서서 으쓱해보고 싶었던 거죠. 색다른 영웅이 되고 싶었던 거죠. 새로운 타입의 영웅이 말요."

"영웅이 아니라 용이 되어 승천할 작정이었소."

"실컷 이용만 해놓고 정작 부르주아의 반동이란 낙인이 찍혀 숙청당할 생각은 못했소."

"용이 되어 하늘을 날 생각을 했다니까."

그런데 취중의 이런 말이 어떻게 왜 오가는가를 하영신 여사는 알고 있었다. 모를 것이라고 생각한 남편의 생각까질 알고 있다는 것을 모르는 척 꾸미며 하영신 여사는 시종 웃는 얼굴로 술 시중을 하고 있었던 것이다.

드디어 1975년 7월 19일, 사회안전법이 통과되었다. 이어 정식으로 공포되었다.

8월에 들어섰다. 같이 신고를 하자는 의논도 할 겸, 나는 노정필을 찾았다. 그런데 그땐 벌써 그는 갈 곳으로 가고 만 후였다.

단정히 날아갈 듯 치장을 하고 한동안 우아했던 하영신 여사의 모습은 온데간데가 없고 70세가 내일 모레인 듯 여겨지는 노파가 나를 보자 울음을 터트렸다. 그 노파를 또 하나의 노파가 등을 어루만지며 같이 울고 있었다.

나는 정말 몰랐다. 벌써 사태가 그렇게 변해 있을 줄 정말 몰랐다.

'내년 추석엔 절 데리고 장인 장모의 성묘까지 하겠대요.'

하며 행복해하던 하영신 여사의 눈 앞에 내년의 추석이 없어
졌다 싶으니 나도 함께 통곡을 터트렸으면 하는 충동을 억지
로 참아야 했다.

"이 선생의 책에 있는 대로 해를 가두고 달과 별을 가둬두고
살기 위해 떠난다고 전해달라고 합디다."

하 여사는 울먹거리는 소리로 이렇게 말했다.

나는 계속 그 자리에 있을 수가 없었다. 인사도 한 듯 만 듯
그 집에서 빠져나왔다.

거리는 폭서에 이글거리고 사람들은 쇠잔한 몰골로 붐비고
있었다. 언제 슬픔이 없는 거리가 있어 보았더냐. 나라가 살고
많은 사람이 살자면 노정필 같은 인간이야 다발다발로 역사의
수레바퀴에 깔려 죽어도 소리 한 번 내지 못한들 어쩔 수 없는
일이다.

나폴레옹처럼 죽어야 할 사람도 있고 소크라테스처럼 죽어
야 할 사람도 있다. 소나 개나 돼지처럼 죽어야 할 사람도 있
다. 노정필이 전해달라고 했다는 그 말을 상기하고 뭐니뭐니
해도 그가 나의 가장 열심한 애독자였다는 아쉬움을 되씹으며
나는 관할 파출소를 향해 느릿느릿 걸었다. 신고 용지를 받으
러 갈 참이었다.

＊《철학철 살인》, 서음출판사, 1978. (원출전: 《한국문학》, 1975년 9월)

추풍사

추풍사 秋風辭

늦게 핀 장미꽃이 태산목泰山木 그늘에서 시들어가고 있다. 며칠째인가 매미 소리도 들리지 않는다. 그처럼 시끄러웠던 매미 소리가 사라지고 나자, 뜰의 나무들이 제 정신 제 모습을 도로 찾은 느낌이다. 제 정신 제 모습을 되찾고 나니 이미 가을이었다는 기분엔 숙연肅然함이 있다. 목련木蓮의 넓은 잎엔 벌써 황락黃落의 징조가 보이고 사철나무의 윤기 흐르는 푸르름은 생기를 잃어가는 것 같다.

하늘도 옛날의 청명淸明을 찾아볼 도리는 없지만 영락없는 가을 바람이다. 담장 저편에서 놀고 있는 아이들 소리가 그렇게 한가할 수가 없다. 아아 가을이다 하며 물밀 듯 가슴에 저며드는 감회가 있다. 그 감회의 표현에 떠오르는 싯귀가 있다.

秋風起兮白雲飛(가을 바람이 인다. 흰 구름이 난다)로부터 시작해서 歡樂極兮哀情多(환락이 끝나니 슬픔이 벅차다)로 끝나는 한무제漢武帝의 추풍사秋風辭다.

2천 년의 세월을 넘어 왕자王者의 감회와 누항에 사는 서민의 감회가 겹친다는 것은 세월은 바뀌어도 인정은 변하지 않는다는 뜻일지 모른다. 아무리 둔한 심정도 조락凋落하는 만물 속에 앉아선 죽음을 생각해보지 않을 수가 없다. 가을은 죽음을 생각케 하는 계절이다. 죽음은 하나의 인생의 마지막이다. 모든 감정도 그 순간에 끝난다. 죽음을 생각하고 있으면 관대寬大한 마음이 되지 않을 수 없는 까닭이다.

어느 일요일, 나는 모처럼의 한을 얻어 비좁은 내 집 뜰에서 엮어지는 가을의 드라마를 지켜보며 나는 내 마음에게 관대하라는 충고를 타이르고 있었다.

'세상 사람이 네게 가혹해도 너는 관대해야 한다. 네가 지은 모든 죄를 보상하기 위해서도 관대해야 하며 네 죽음에 저주가 있지 말게 하기 위해서도 관대해야 한다. 문학이란 관대하라고 가르치는 작업이 아니냐. 공자님은 종평생 행해 어김이 없는 것은 용서하는 마음이라고 했다. '공노호共怒乎' 부처님도 꼭 같은 뜻으로 가르쳤다. 내가 내게 죄 지은 자를 용서했듯이 내 죄도 용서해 주옵소서. 자기에게 관대하길 바라려면 네가 먼저 관대해야만 한다……'

내가 이처럼 내 마음에게 관대하라고 타이르고 있는 데는 그만한 이유가 있었다. 바쁜 일과를 치르고 있는 동안에도 문득문득 고개를 쳐드는 분노憤怒 때문에 하루에도 몇 번씩 일손을 멈추고 멍해 있어야 하는 나날이었던 것이다. 그렇게 고민하고 있을 것이 아니라 일어서서 검찰청檢察廳으로 걸어들어가 한 장의 고발장만 내면 될 것이었는데 그것을 그러하지 못하니까 탈이었다. 그렇다면 말쑥하게 잊어버리기라도 하면 될 것인데 역시 나는 대인大人이 되진 못하는 모양이었다. 그런 만큼 일요일의 한때를 '관대해야 한다'고 염불처럼 되뇌이고 있대서 내 마음이 관대해지려고 하지 않는 것은 어찌할 수 없는 일인 것이다.

두 달 동안 남미 여행을 마치고 돌아온 1주일쯤 뒤의 일이다. L이란 후배로부터 전화가 걸려 왔다. 무사히 돌아온 것을 반갑게 여긴다는 인사가 있은 다음,

"최광열이란 자가 쓴 책을 읽으셨습니까?"
하고 물었다.

읽지 않았다고 답하고, 그런 책 읽을 시간이 없다고 하자 그는,

"아닙니다. 그 책은 꼭 읽으셔야 합니다. 전부를 다 읽으란 건 아닙니다. 선생님에 관한 부분만을 읽어야 합니다. 터무니없는 내용이 있습니다. 읽으시고 곧 무슨 조처가 있어야 할 겁

니다."

하고 되풀이 되풀이했다.

"작가도 일종의 공인公人인데 무슨 평이라도 들어야 하지 않겠나. 악평을 했대서 조처를 하려고 했다간 우선 시간이 모자랄 걸세."

"그런 게 아니라니까요. 최광열이가 어떤 사람인지 난 알지 못하지만 그 책만으로 봐선 문학의 문 자도 아는 사람 같지 않던데요. 그러나 그걸 묻자 하고 있는 것은 아닙니다. 선생님의 이력에 관한 대목에 얼토당토않은 것이 있더라 이 얘깁니다. 나는 선생님의 이력을 잘 알고 있으니까 하는 얘깁니다. 그런 책이 유포되어 보십시오. 물론 대단히 유포될 까닭은 없겠지만 몇 사람이라도 선생님을 오해하게 되면 큰일 아닙니까."

"어떤 내용인데?"

하고 물었더니 L은,

"제 입으론 들먹이기 싫습니다. 선생님이 직접 읽어 보십시오."

하고 전화를 끊었다.

그런데도 여행하는 바람에 밀린 원고를 쓰느라고 그 책을 구해 읽을 겨를이 없었는데 다음번엔 신문사에 있는 후배로부터 L과 꼭 같은 내용의 전화가 걸려 왔다. 뿐만 아니라 그 무렵부터 사방에서 전화가 오기 시작했다. 흥분한 제자들의 전화도 있었다. 그래서 제자 가운데 한 사람에게,

"그 책을 갖고 있거든 가지고 오라"

고 했더니,

"그 불결한 책을 제가 뭣 때문에 가지고 있겠습니까. J군으로부터 이야기를 듣고 점두에서 잠깐 선생님에 관한 부분만을 읽었을 뿐입니다. 그러나 아직 보시지 않았으면 제가 구해 가지고 가겠습니다."

하는 답이었다.

그렇게 해서 드디어 나는 그 책을 읽었는데 처음에 나는 웃었다. 너무나 뻔뻔스러운 거짓을 대하면 성이 나기에 앞서 먼저 웃음이 터진다는 것을 발자크의 어느 소설 속에서 읽은 적이 있는데 천재의 통찰력과 관찰력이 대단하다는 엉뚱한 생각까지 했다. 한데 실소失笑를 터트린 가장 큰 이유는 제대로 독해력讀解力도 없으면서 작품평作品評을 쓰고 있다는 그 사실에 있었을 것이다. 나는 그런 글을 쓴 최광열이란 인간에 대해서보다 그런 책을 출판한 출판사의 견식見識을 의심해 보는 마음이 되기도 했다.

분노의 불꽃은 서서히 타올랐다.

최광열은 터무니없게도 다음과 같이 쓰고 있었다.

—해방 후에는 잠시 N당에 참여하여 행동한 일이 있다는
　점 등은 자연히 그의 소설과 밀접한 관계를 갖고 있는 셈
　이다.—
—이 점 이병주李炳注에게는 N당의 정치 투쟁에 행동 참여

　　　　를 한 생체험—

　　　—특히 이병주는 자기 체험의 새로운 전향의 논리를 합리

　　　　화하기 위해—

　이상 인용한 것 가운데 N당이라고 한 것은 '남로당'을 가리
킨 것은 두말할 나위 없다. 그는 그 글의 다른 부분에선 '남로
당'이라고 박아놓기도 했다. 문중文中 다른 부분에선 남로당이
라고 하면서 내 이름과 직접 유관한 부분에선 N당이라고 한
덴 바로 남로당이라고 하기엔 뭔가 켕기는 심정이 있었기 때문
이 아닌가 한다. 누구나 N당이라고 해놓아도 남로당이라고 인
식할 수 있을 것이니 말이다. 나름대로 잔재주를 부린 것이다.

　나는 최광열이 무슨 까닭으로 이러한 허위를 날조할 필요가
있었을까 하는 문제를 먼저 생각해보기로 했다. 나는 단골로
드나드는 다방에서 그를 우연히 알게 되었다. 누가 소개한 것
도 아닌데 그가 아는 척하고 접근해왔기 때문에 아는 처지가
된 그런 사이였다. 가끔 문학론 같은 것을 걸어오기도 했지만
요령부득한 말이어서 나는 상대도 안 했다. 그 다방에서 나는
주로 잡지기자와 신문기자에게 원고를 넘겨주기도 하고 고료
를 받기도 하는 거래를 했기 때문에 그와 상대할 시간이 없었
던 탓도 있었다. 그런데 그러한 나의 태도가 그에겐 거만하게
느껴졌는지도 모른다. 그래서 어느 사이 '저놈 골탕 한번 먹여
야겠다'고 앙큼의 칼을 마음속에 갖고 있었는지 모른다. 그러

지 않고서야 내가 해외여행 중에 나온 책이라면, 쓰긴 내가 국내에 있었을 때 진행되고 있었을 테니 설혹 그런 말을 누가 전했더라도 내게 물어볼 마음쯤은 응당 가졌어야 하는 것이다.

그러나 이것은 어디까지나 좋게 해석한 것이고 그에겐 나와 N당을 결부시켜 하는 무슨 은밀한 이유가 있었는지 모른다. 오늘날엔 공산당 아니라 간첩이라도 자수하고 전향한 흔적이 역력하면 떳떳한 국민으로서 행세할 수 있지만, 만일 기왕 남로당, 또는 공산당이었던 경력을 숨긴 채 있다면 이는 당연히 문제가 된다. 바로 이 점을 최광열이 노린 것이 아닌가. 그렇지 않고서야 《관부연락선關釜連絡船》이 해방 직후 남로당과 대결해서 싸운 나의 자전적 소설自傳的小說이란 것을 번연히 알고 그 밖의 《지리산智異山》이라든가 《겨울밤》 등은 공산주의에 대한 비판적 요소로서 작품의 골격을 이루고 있다는 것을 알면서도 나의 경력을 그처럼 허위날조할 순 도저히 없는 것이다. 그가 평론의 기초 작업인 독해력조차 갖지 못했다고 하는 것은 그가 만일 내 작품을 잘 읽기만 했더라면 설혹 누군가가 내 경력에 N당과 관련된 부분이 있다고 해도 그 말을 그대로 믿을 순 없게 되어 있기 때문이다. 《관부연락선關釜連絡船》의 주인공은 남로당의 희생자로 나타나 있다. 그 속에선 남로당 당원과 '나'와의 불꽃 튀기는 토론이 전개되어 있기도 하다.

명색 평필評筆을 들려고 하는 사람이 이러한 기초적인 사실조차 감득하지 못했을 까닭이 없으니 나는 최광열이 무슨 다른 꿍꿍이속이 있을 것으로 짐작할 밖에 없었다.

그런데 그 저의가 어디에 있었을까.

그것을 알아내기 위해서도 나는 고발告發이란 절차가 필요하다고 생각했다. 모두들 그렇게 권했다. 그러나 고발이라고 하는 최후 수단을 쓰기 전에 달리 쓸 방법이 있지 않을까 하는 생각을 했다. 최후의 수단은 그야말로 최후에 쓰여져야 하는 것이다.

나는 최광열이 자기의 허위날조를 인정하고 사과하라는 공개장을 내기로 했다. 그래서 그 원고를 준비해 가지고 나와 친숙한 어느 신문사의 편집자를 찾았다. 다른 신문의 편집자들도 그 자리에 동석했다.

그 편집자는 나의 공개장을 읽더니 펄쩍 뛰었다. 안 된다는 것이다. 그 이유는 다음과 같았다.

"선생님이 이것을 발표하면 상대방도 무어라 쓰려고 하지 않겠습니까. 그러면 신문사에선 그자에게도 지면을 주어야 합니다. 그렇게 되면 사실 여부는 다음의 문제가 되고 선생님과 그자는 일단 대등한 입장에 서게 됩니다. 결국은 그자의 이름을 팔아주는 결과가 되구요. 선생님을 앞에 모셔놓고 이런 말한다는 건 송구스럽긴 합니다만, 나는 선생님과 그자가 신문 지상에 대등한 것처럼 나타나는 것 자체가 보기가 싫습니다. 어디 상대라도 할 수 있는 잡니까, 그자가. 그자는 선생님과 맞

서 손해될 게 없습니다. 밑져야 본전이니까요. 원래 거짓말을
한 놈이 거짓말쟁이로 되는 것 갖고 그자에게 손해될 건 없지
않습니까. 공개적 싸움은 상대를 골라가며 해야죠. 물론 선생
님의 글이 나가고 저편에서 뭐라고 맞서면 신문은 재미있게
될 겁니다. 그러나 나는 선생님을 위해서 말리고 싶습니다."
　그럼 어떻게 하면 좋겠느냐고 물었다.
　"고발을 하십시오. 이건 명예훼손일 뿐만 아니라 엄청난 무
고입니다. 선생님의 작품이 전향을 위해 합리화를 노린 것이
라고 와전되면 작품의 생명은 반쯤 손실됩니다. 이자는 사회
적 문학적으로 선생님을 망치려고 든 놈 아닙니까. 고발하십
시오. 고발해 갖고 따끔한 맛을 보여주어야 합니다. 그래 놓고
난 뒤에 그 전말에 관한 글을 쓰십시오. 그렇게 되면 신문사에
선 상대편의 글을 실어 줄 필요가 없게 되니까요."
　다른 신문사의 기자들도 모두 그의 편에 찬동했다.
　고발만이 유일한 대응책이란 것이다.
　"고발해야겠군."
　나도 이렇게 마음을 다졌다. 그러나 최후의 수단은 어디까
지나 최후의 수단이라야 하는 것이다. 나는 사방에 수소문을
해서 최광열의 전화번호를 알아냈다. 그리고 전화를 했다. 그
전화의 내용을 다음에 복원해본다.
　"최광열 씨요?"
　"네 그렇소. 당신은 누구요."

“난 이병주요.”

“안녕하십니까.”

“안녕하지 못하오. 한데 물어보겠소. 당신이 쓴 책에 내가 해방 직후 N당에 입당한 거로 되어 있던데 그런 사실을 어떻게 알았소.”

“나도 들은 얘긴데요.”

“누구에게서 들었단말요.”

“듣긴 들었는데 갑자기 생각이 안 납니다. 남재희 씨가 이 선생에 관해 쓴 글도 있고 해서.”

“남재희 씨가 언제 어디서 내가 N당에 입당했다고 썼습디까.”

“그런 건 아닌데…… 일전 이어령 씨를 만나기도 했습니다.”

“이어령 씨가 그럼 그런 말을 합디까?”

“아닙니다. 그건 아니고 저.”

“엉뚱한 소리 집어치우고, 나는 해방 직후 남로당에 가담한 일이 없을 뿐 아니라 남로당과 대결해서 싸운 사람이오. 당시의 친구도 제자도 서울에 많이 살고 있소. 그보다도 진주 경찰서晉州警察署가 잘 알고 있을 거요. 한데 이 허위 사실 유포에 관해서 당신 어떻게 할 거요.”

“글로 쓰지요. 적당한 지면을 빌려 갖고 사과를 쓰겠습니다.”

"글 가지곤 안 되오. 석간지 하나, 조간지 하나쯤에 각각 대문짝만큼 한 활자로 광고를 내시오. 취소와 동시에 사과하는 광고로 말이오."

"광고를 낸다캐도 돈이 있어야죠."

"그럼 광고를 못 내겠단 말요?"

"돈이 없으니 어디."

"그러나 이 사실을 꼭 밝혀야 하겠소. 수사기관을 위해서도 밝혀야 하오. 자기들이 조사한 기록에도 없는 것이 엉뚱한 곳에 나타났다고 하면 곤란할 것이 아니겠소. 그러니 고발을 해야겠소."

"꼭 그렇다면 할 수 없죠. 징역이나 안 살도록 해주이소."

그 이상 할 말이 없었다. 나는 떳떳이 고발할 수 있다고 생각했다. 나는 내가 할 도리는 다한 것이니 검찰에 가서 흑백을 가릴 수밖에 없다고 생각한 것이다.

세상에 고발장을 쓰는 것보다 우울한 일이 또 있을까. 나는 최광열에 대한 맹렬한 미움을 고발장을 쓰면서 더욱 느꼈다. 허위 사실을 날조했다는 그 사실보다도 그로 인해 갖가지 신경을 써야 하고 드디어는 고발장까지 써야 할 처지에 몰린 것이 원망스러워 견딜 수가 없었다. 돈이 없어 사과 광고를 내지 못하겠다는 그 뻔뻔스런 태도에 이르러선 도저히 용서할 수 없다는 극한적인 분노도 끓어올랐다.

나는 일사천리로 고발장을 써 가지고 법률 관계의 일을 하고 있는 삼종 동생을 찾아갔다. 그는 내가 쓴 고발장을 보더니 나 이상으로 흥분했다. 해방 직후를 같이 진주에서 지냈기 때문에 누구보다도 나의 그 무렵의 사정엔 통해 있었다.

"이런 놈은 당장 혼짝을 내줘야 합니다. 사전에 진주 경찰서나 형님의 신분 카드를 보관하고 있는 관서에 조회를 의뢰해서 근거 서류를 의뢰해서 근거 서류를 갖추곤 전적으로 구속 기소가 되도록 사전에 조처가 있어야 할 겁니다. 그놈을 가만 둬 보십시오. 이 다음에 형님을 연구하는 사람들이 모두 그 경력을 사실인 줄 알고 거개 따를 것 아닙니까. 시시한 책이라고 해서 등한히 해선 안 됩니다. 기록적인 의미는 가지고 있는 거니까요. 어쨌건 당장 구속 기소하도록 일을 진행시켜야 합니다."

나는 그 구속이란 말에 마음이 걸렸다.

"무고나 명예훼손 사건에도 구속이란 게 있나?"

"무슨 말씀을 하십니까. 이건 결정적인 구속 기소감입니다."

"처벌은?"

삼종 동생은 육법전서를 꺼내 뒤지더니,

"사실이 있는 것을 갖고 명예를 훼손했으면 2년 이하, 허위 사실로써 한 행위면 7년 이하의 징역에 처하기로 되어 있습니다."

하는 답을 했다.

나는 가슴이 철렁했다. 나의 고발로 최광열이 7년이나 징역살이를 해야 한다면 이건 문제다, 하는 생각이 들어서였다. 밉기로 말하면 한량이 없었지만 그렇더라도 나로 인해 징역살이를 시킬 순 없지 않은가. 징역살이한다는 것이 어떤 것인지 살아본 사람 아니면 상상도 못한다. 내 자신 체험을 통해 그 고통을 알고 있는 사람이 설혹 죽을 짓을 했기로서니 그럴 순 없는 것이 아닌가.

이런 생각을 하고 있는 것을 나의 망설임으로 보았던지 삼종 아우는 말했다.

"이건 생각하고 어떻커고 할 일도 아닙니다. 신문에 사과 광고도 못 내겠다고 했다면서요. 사실 신문에 사과 광고는 내봤자입니다. 사정이 딱해서 그렇게 해달래서 하는 수 없이 했다는 식으로 구실을 달 수가 있으니까요. 그러니 결국은 고발로서 처리할 밖엔 없는 일입니다."

"그러나 징역을 치러야 한다니까 문제 아닌가."

"고발이란 처벌을 요구하는 것인데 그건 당연하죠. 한데 형님은 상대방을 징역 살릴 요량하지 않고 뭣 때문에 고발하려고 했습니까."

"사실을 밝히려는 거지. 그것이 허위 사실이란 걸 알림으로써 문제를 말쑥하게 하겠다는 것이었어."

"그게 허위란 게 밝혀지면 응당 벌은 받아야 할 게 아닙니까."

"벌은 받더라도 며칠 동안의 구류 정도로 생각한 건데……"

"형님은 마음이 약해서 탈입니다. 그리고 고발장도 이래 갖고는 안 돼요. 격식에 맞도록 제가 작성해둘 테니 주민등록증 사본이나 떼어 가지고 오시죠."

"그럼 주민등록증 사본하고 같이 가지고 올게."
하고 나는 책상 위에 놓여 있는 고발장을 들고 밖으로 나와버렸다. 그런 동안에도 분노는 끓고 있었다.

나는 보통으로 바쁜 몸이 아니었다. 그 바쁜 사람이 그런 너절한 일 때문에 시간을 소비하고 있다는 사실 자체가 역겨워 죽을 지경이었다.

결국 내 덕이 모자라 이런 꼬락서니가 된 게 아닌가 하고 나는 덕수궁 뜰로 들어가 한참을 우두커니 앉아 있었다. 나는 기왕을 회상해보기로 했다. 어떤 몰지각한 놈의 모략으로 백이 흑으로 될 수 있는 것일까를 생각해보기로 한 것이다.

나는 해방 이듬해인 1946년 3월에 중국 상해로부터 돌아왔다. 두 달 동안 고향에서 쉬다가 4월에 서울로 왔다. 그때 불교 총무원장으로 계시던 김법인金法麟 선생을 만났더니 나를 반기며 하신 말씀이 이랬다.

"동국대학에 나가 프랑스어도 가르치고 있는데 총무원 일도 있고 다른 과목도 가르쳐야 하고 해서 바빠 큰일이다. 새학기부터 자네가 프랑스어를 맡아주게. 그것 갖곤 생활이 안 될 테니 어디 임시로 고등학교에라도 직장을 마련하겠다."

그랬는데 고향 진주의 출신학교 진주농고로부터 와달라는

청이 있었다. 거기에 아버지의 간청이 겹쳤다.

나는 그해의 9월부터 진주농고의 교사가 되었다. 당시 진주농고의 교사 대부분이 남로당원이었고 학생의 9할까지 좌익계인 학생 동맹원이었다. 동맹휴가와 성토대회는 월례행사처럼 계속되었다.

그런 상황 속에서 나는 학원을 학원답게 하려는 세력에 가세해서 나름대로의 노력을 다했다. 좌익 교사나 학생들은 내게 반동 교사反動敎師라는 낙인을 찍었다. 그리고 나를 배척하기 위한 갖가지 획책을 했다. 그래도 나는 굴하지 않았다. 좌익 학생들의 횡포 속에서 나는 끝까지 우익계 학생을 감싸왔던 것이다. 그러나 그러한 가운데서도 나는 덮어놓고 공산주의를 반대하는 입장을 취하지 않았다. 마르크스주의의 어느 진리적인 부분을 인정하되 그것이 학설로서 남아 있는 것과 공산당의 정책으로 된 것과 다른 점을 지적하고 남로당은 그 마르크스주의마저 배신하고 있다는 것이 나의 의견이었다. 나는 학생들과의 토론을 서슴지 않았다. 이론적 실천적으로 남한에 있어서의 공산주의는 부당한 것이란 일관된 신념을 나는 학생들에게 가르쳤다. 그러한 결과 나는 내가 맡아 있는 학생들 가운데 한 사람도 남로당 때문에 좌절한 경우를 만들지 않았다. 그 모두가 살아 있는 증인으로서 지금 사회의 일선에 진출하고 있다.

대한민국 정부가 수립되고 나선 사정이 달라졌다. 이번엔 우익계 학생에게 좌익계 학생이 학대를 받는 경우가 되었다. 나는 좌익계 학생을 비호하는 입장에 서지 않을 수 없었다. 동시에 정세에 몰려 공산주의를 단념하는 것이 아니라 그들의 내부에서 공산주의를 극복해 나가도록 나름대로의 조력을 한 것이다. 이와 같은 노력이 자연 내게 대한 인생을 회색화灰色化하는 원인이 된 것은 사실이다. 그러나 나는 나를 회색으로 보는 눈에 비非가 있는 것이라고 믿는다. 성급하게 흑백黑白으로 나누는 것은 진실을 외면하는 것과 오를 범하기가 쉽다는 기본적인 입장을 지녔다는 것뿐이지 내 행동이 회색으로 머문 적은 없다. 나는 해방 이후 이 날까지 일관하여 내 나름대로의 반공주의자였던 것이다. 반공反共이란 첫째, 공산주의자들이 쓰는 수단에 대한 반대라야 한다.

따라서 그러한 수단이 그 이념을 배신한 것이다. 그 이념 자체도 반대의 이상이 된다는 것이고, 무릇 인류에 있어서의 어떠한 아름다운 이념도 그것이 정치적으로 조직화되면 이념의 아름다움을 상실하게 된다는 나의 통찰로 해서 나는 그 때 요즘의 이른바 프랑스 신철학파新哲學派의 결론을 선취하고 있었던 것이다.

그러나 저러나 이러한 나의 내부의 철학과 남로당 가입 문제는 전연 별도의 문제이다. 나는 남로당은 물론 어떤 정당, 정파에도 가담한 적이 없고 그러해서는 안 된다는 것이 나의 작가로서의 신념이기도 하다. 그런 뜻에서 나는 남로당과의 대

결하는 과정에서 나의 정치 의식, 문학 의식을 가꾸어 왔던 것
인데 만일 최광열의 그러한 허위 날조를 방치해두면 내 문학
에 대해 엉뚱한 오해를 초래할 위험이 충분히 있는 것이다.

물론 내 작품을 정독하기만 하면 그 따위 날조는 아침 이슬
녹듯 하겠지만 세상의 독자란 그처럼 친절하지가 못하다. 기
왕 수십만쯤으로 헤아리는 남로당원이 있었는데 그까짓 오해
쯤이야 뭐 대단한 게 있겠느냐고 말할 사람이 있을지 모르나
나의 경우 그런 견해도 천부당만부당하다.

나는 기왕 다음과 같이 쓴 적이 있다.

"한국에 있어서의 공산주의는 완전한 실패이다. 그 까닭은
이렇다. 북쪽의 김일성은 공산당 당수 박헌영을 미국의 스파
이라고 단죄하여 죽였다. 이것이 사실이라면 남로당 당원은
미국 스파이의 조종을 받은 것이니 그 활동이 용납될 까닭이
없다. 이와는 반대로 김일성이 박헌영을 모함해서 그렇게 만
든 것이라면, 그처럼 무서운 범죄가 또 어디에 있는가. 공산
당이란 범죄 단체라는 증거를 스스로 제출한 셈이다. 이렇게
보건 저렇게 보건 남한에 있어서의 공산당은 완전한 실패다."

이를테면 나는 어떠한 비운을 참을 수가 있다고 치더라도,
비록 일시적인 당으로서 세상이 관용을 베푼다고 하더라도 나
자신을 그 실패 속에 산입算入하긴 죽어도 싫다. 하물며 그렇게
할 까닭이 전연 없으니 말이다.

그러니까 고발을 해야 한다. 나는 다시 한 번 마음을 다졌다.

나는 공중전화 박스를 찾아가서 집에 전화를 했다. 주민등록사본과 인감증명을 떼어놓으라고.

그러고는 그길로 조선호텔에 갔다.

조선호텔에 가면 외국으로 간 기분이 난다. 그 기분을 맛보며 담담한 우울증을 씻기 위해서다.

매점으로 갔다. 타임지를 사기 위해서였다.

타임지를 사들고 나오려는데 서가의 어느 책명이 내 시선을 끌었다.

《마이 라이프 인 더 시아이에이 MY LIFE IN THE CIA》

CIA에서의 나의 생활. 미국 CIA의 보스 윌리엄 콜비가 쓴 책이다.

나는 그 책도 샀다.

커피숍으로 와서 커피를 시켜 놓고 그 책을 읽기 시작했다. 시간 가는 줄을 잊었다. 그만큼 재미가 있었다. 재미가 있었다기보다 빨려 들어갔다. 더욱이 베트남의 전 대통령 응오딘지엠이 죽는 장면에선 전율을 느끼기조차 했다. 그 책에 의하면 응오딘지엠 대통령의 죽음도 미국 CIA에 의해 정밀하게 계산된 결과였다. 응오딘지엠은 바로 자기의 가까이에서 자기를 죽일 그런 무서운 음모가 진행되고 있는 줄도 모르고 딴으론 대통령 행세를 하고 있었던 것이다. 이 무슨 쓸개 빠진 짓이었단 말인가.

콜비는 응오딘지엠의 죽음과 동시에 베트남은 구심점求心點을 잃고 붕괴의 낭떠러지를 굴러떨어지게 된 것이라며 같은 CIA 직원의 입장에서 동료 CIA의 책동을 비난하고 있었지만, 사실 베트남을 오늘과 같은 형편으로 만든 그 최대의 동기인動機因은 응오딘지엠의 죽음에 따른 응오딘지엠 정권의 붕괴에 있는 것인지 모른다. 응오딘지엠은 비록 그것이 실오라기처럼 가냘픈 것이긴 해도 한 가닥 레지티머시合法性는 가지고 있었던 것이다. 정권에 있어서의 레지티머시란 생명과도 같다. 레지티머시를 가진 정권은 나라의 역적逆賊이 될 것을 각오한 자들이 아니곤 쓰러뜨릴 수가 없다. 응오딘지엠 정권 다음에 나타난 이를테면 장군의 시대는 하나의 나라가 레지티머시를 가진 정권이 쓰러진 후 어떻게 되는 것인가를 보여준 실증이나 다를 바가 없다.

그러나 그런 것보다도 자기를 죽일 음모가, 내일 새벽 변을 일으킬 줄도 모르고 오늘밤 대통령으로서 침소에 들었을 응오딘지엠의 운명에 동정이 간다.

세상이란 이처럼 무서운 것이다.

나는 그런 것도 저런 것도 모르고 에쿠아도르의 시골에서 인디오들과 얘기를 나누고 있는데 최광열이 나를 모함할 양으로 함정을 파고 있었다는 사실이 응오딘지엠의 비극을 배경으로 깔아놓을 때 그것은 더욱 그로테스크한 형상으로 나타났다.

정밀한 현미경도 포착할 수 없는 극미極微의 바이러스가 인체의 한 부분, 후미진 곳에 자리를 잡는다. 그리곤 차츰 세력을 부식한다. 그렇게 해서 결정적인 교두보를 구축했을 때 자각 증세自覺症勢로 나타난다. 그런데 자각증세로 나타났을 땐 이미 늦어 있든지, 알더라도 그 병과 싸우기 위해선 대단한 고난을 겪어야만 한다.

이와 꼭 같은 사례가 사회 생활에도 있다. 생리生理로서의 인간이나 사회로서의 인간이 겪는 재난은 언제나 자기 자신이 느낄 수 없는 극미의 단서로서 시작한다. 자각했을 땐 이미 늦는다.

내겐 이런 쓰라린 경험이 있다.

20년 전, 그렇다 1958년 정월 초하루에 있었던 일이다. 서울 신문의 간지에 국회의원 출마자 예상표라는 것이 나타나 있었다. 그때야 나는 아아, 금년은 국회의원 선거가 있는 해로구나 하는 생각과 그렇더라도 서울신문의 이런 취재는 너무나 성급하다는 생각을 아울러 가졌다.

그러나 이러한 예상기사라는 것은 홍미를 끈다. 나는 차례 대로 보아오다가 중간을 간추리고 내 고향 지역의 난으로 눈을 돌렸다. 그랬더니 뜻밖에도 거기에 내 이름이 나와 있었고 이름 밑에 진보당進步黨이라고 괄호가 쳐져 있었다. 불쾌한 기분이 없지 않았으나 서울에 있는 신문사 상대로 시비를 걸어 보았댔자 소용이 없다는 마음으로 그냥 방치해두었다. 그땐 마산에 있는 대학과 부산에 있는 신문사에 근무하고 있는 형편이어서 바쁘기도 했다.

그러나 문제는 방치해둘 성질의 것이 아니었던 모양이다. 진주 경찰서의 사찰 형사가 나를 찾아와서 신문에 그렇게 나 있는 영문을 알고 싶다고 했다. 자기들이 한 조사엔 전혀 그런 것이 나타나 있지 않은데 그냥 뒤선 직무 유기가 된다는 사정을 설명을 하며 내게 설명을 구하는 것이다. 나는 진보당에 입당한 일이 전연 없다는 사실을 밝히고 나도 그 내력을 알고 싶다고 했다. 진주서의 형사는 요령부득으로 돌아갔다.

뒤이어 하동 경찰서로부터 형사가 왔다. 역시 같은 이유, 같은 사정이었다. 그러자 또 마산 경찰서의 형사가 찾아왔다. 이렇게 되니 나도 가만 있을 수가 없었다. 서둘러 그 근원을 캐려고 나섰다. 그런 결과 경상남도 일원의 예상기사는 부산주재 서울신문 기자가 보낸 것이고, 그 기사의 내용은 경남도경 사찰과가 제공한 것이란 사실을 알았다.

당시 나는 국제신보의 편집국장이기도 했기 때문에 사찰과 책임자를 추궁해 볼 수가 있었다. 사찰과 책임자는 진보당 도당 사무소의 서류를 입수했는데 그 가운데 내가 진보당에 정치자금을 낸 증거가 나왔다는 것이고, 정치자금을 낼 정도이면 비밀당원일 것이라고 판단, 그렇게 취급한 것이라고 말했다. 그리고 그는 나의 의의를 받아들여 그 개소를 지우겠노라고 약속했다.

그때 생각해 보니 나는 도경이 그런 판단을 하게끔 한 행동이 있었다.

1955년의 겨울 나는 서울에 왔다. 서울에 온 김에 상아탑象牙塔 황석우黃錫雨 선생을 예방했다. 진주에서 그분이 피난살이 하고 계셨을 때 나와 교분이 생긴 것이다.

황석우 선생은 나를 반가히 맞이하곤 오늘 밤 조봉암曹奉岩 씨와 만나게 되어 있으니 같이 합석하면 어떻겠느냐는 말씀이 있었다. 나는 좋다고 했다.

장소는 '은행나무집'이란 요릿집이었다. 황석우 선생의 극진한 소개로 조봉암 씨는 내게 친밀한 태도를 보였다. 그러나 나는 조봉암 씨의 정치 노선을 비난하는 데 주저하지 않았다. 구체적 방책 없는 남북통일 주장은 결국 민심에 대한 사기 행위라고까지 극언했다. 그러나 조봉암 씨는 시종여일 온화한 얼굴로 듣고 있었다.

나와 조봉암 씨와의 접촉은 그 때 단 한 번 있었던 일이다. 그랬는데 그 이듬해 정, 부통령 선거가 가까워졌을 때, 성成이란 사람이 조봉암 씨의 사신을 가지고 진주의 집으로 찾아왔다. 편지의 내용은 성 군成君이 선거 때문에 진주로 내려가니 편리를 제공해달라는 것이었다. 나는 성 씨에게 대학교수로 있는 신분 관계상 선거 운동은 할 수 없다고 잘라 말했다. 그러나 저번 조봉암 씨를 만났을 때 지나치게 버릇없는 짓을 했다는 뉘우침도 있었고, 그렇게 버릇없이 군 젊은 놈을 탓하지 않고 사람을 보낸 데 대해 얼만가 센티멘탈한 기분이 되지 않을 수 없었다. 그래 돈 3만 환을 성 씨에게 주며 용돈으로 쓰라고 했다. 동시에 이것은 정치자금으로, 또는 선거자금으로 주는 것이 아니고 당신에게 대해 용돈으로 주는 것이라고 못을 박는 것을 잊지 않았다. 그랬는데 너무나 정직한 성 씨는 진주에서 받은 최초의 정치자금으로 도당에 보고한 모양이었다.

이런 사정이 있었으니 나는 도경 사찰과의 처사를 부당하다고 항의할 수도 없어 그 개소를 지워버리겠다는 말만으로 만족할 밖에 없었다.

그랬던 것인데 지금 회상해 보니 그것이 근본적인 화근禍根이었다.

5·16혁명이 있자 나는 교원 노조의 고문으로서 검거되었다. 그러나 내용은 내가 쓴 논설에 대한 추궁이었다. 조사의 진행에 따라 내가 눈치챈 것은 조사를 하는 형사들의 심중에 내가 전 진보당원이었다는 사실이 인각되어 있음을 알았다.

진보당원이라고 해서 그럴 까닭은 없지만 형사들의 경직된 의견은 진보당원은 공산주의자가 아니면 용공분자로 되어 있었다.

철저한 조사 끝에 내가 교원 노조의 고문이 아니란 것을 알았고 그다지 문제 삼을 논설이 아니었는데도 그들이 끝끝내 혁명 검찰국革命檢察局으로 나를 송치한 것은 내가 진보당원이란 그 심증 때문이었다. 문서상으로 남아 있는 흔적은 그처럼 무서운 작용을 한다. 나를 조사한 형사는 나의 반대를 받아들여 혁검革檢에 보내는 공식 문서엔 그 사실을 넣지 않았지만 그들끼리의 은밀한 방법으로 그 사실을 강조했다는 사실을 짐작할 수 있었다. 그렇지 않고서야 기껏 통일 달성을 위해 만전을 기하자는 내용의 논설이 다소 대한민국의 상식 테두리를 벗어나 있기로서니 15년 구형에 10년의 징역을 선고하는 가혹한 처사를 상상할 수 없는 것이다.

아무 일 없는 평온한 나날엔 아무런 의미도 없는 사소한 일도 어지러운 국면에 이르면 돌연 중대한 의미를 띠고 나타나는 것이다.

진보당원이란 얼토당토않은 일이 그러하지 않았던가. 한데 N당에 가담했다는 사실은 그런 정도가 아닌 것이다.

만일 국가에 중대한 일이 있어 하찮은 나 같은 놈을 소명召命할 일이 생겼을 때 기왕 N당에 가담했던 경력이 있는 데도 그것을 숨겨놓고 지냈다는 판단을 요로에서 하게 된다면 이건 나라로서도 나로서도 이만저만한 손해가 아닌 것이다. 그런 일이 없다고 해도 본질엔 다름이 없다. 나는 작가라는 직업을 그처럼 얕잡아보지 않는다. 비록 노골적인 교육 활동은 아닐망정 급기야는 민족의 심성을 가꾸고 정화하는 중대한 사명을 띠고 있는 것이다. 물론 N당을 했대서 작가로서 행세할 수 없다는 얘기는 아니다. N당을 했으면 한대로 떳떳이 그 사실을 해명하고 거기에 따른 결연한 태도가 있어야만 한다.

나는 아무래도 고발은 불가피한 일이라고 다시 마음속에 다짐했다.

그 이튿날 주민등록사본도 인감증명도 준비되었다. 검찰청으로 가서 서류만 내밀면 그만인 것이다.

자동차를 타고 검찰청으로 향하고 있는데 선뜻 아침에 학교를 가는 아이들이 눈에 띄었다.

‘그놈에게도 아이들이 있을 테지.’

하는 생각이 뇌리를 스쳤다.

그런데 그 아이들이 자라, 자기들의 아버지가 징역살이를 한 사실과 그 원인이 나의 고발에 있었다는 것을 알면 그만이겠지 하는 추측과, 아마 그 땐 N당이 무엇인지, N당에 가담했다는 말이 어떤 작용을 하는 것인지 전연 알 수가 없는 시대로 되어 있을 테니, 사소한 문제를 두고 감정적으로 일가족을 불행의 도가니로 몰아넣은 원수로 칠 것이 아닐까 하는 추측이 엇갈렸다. 그 때도 내 저서는 남아 있을 것이니 그 책에 새겨진 내 이름을 저주의 눈으로써 핥을는지도 모를 일이 아닌가.

생각이 많은 사람은 결단을 못한다. 그렇게 해서 결국 사회에 낙오하는 것인지도 모른다. 미운 놈에겐 미운 대로 보복해야 한다. 그 때문에 일어날 갖가지 일은 그때그때 처리하면 될 것이 아닌가…….

이런 생각을 하면서도 나는 운전사더러 검찰청으로 가지 말고 다방으로 가자며 내가 단골로 다니는 다방 이름을 일렀다.

다방에 가서 구석진 자리를 잡고 R이란 삽화가와 이런저런 얘기를 하고 있었을 때였다. 최광열이 들어왔다. 나는 검찰청으로 직행하지 않은 것을 다행으로 여겼다. 그가 와서 정중하게 사과를 하면 같이 합의해서 선후책을 강구해보자는 그런 마음이 든 것이다. 그런데 최는 분명히 나의 소재를 알았을 것임에도 불구하고 알은 척 않고 문간 쪽 격자格子를 등지고 앉았다. 하마나 했지만 움직일 기색이 없었다. 나는 견딜 수가 없었다. 성큼 일어나 그 자리에 가까이 갔다.

그리고

"넌 이놈, 나쁜 놈이야."

하고 왼손으로 그의 뺨을 호되게 쳤다. 그는 벌떡 일어서더니,

"왜 폭행이냐."

고 덤볐다.

"너 같은 놈에겐 폭행 이상의 행위를 해도 좋다."

고 고함을 질렀다.

"N당이면 내셔널리스트당도 있고 그 밖에도 여러 가지 있는데 왜 하필 오해를 해 갖고 폭행을 해."

그는 더듬더듬 이렇게 말했다.

"그러니까 넌 이놈 나쁜 놈이다. 사과할 줄은 모르고 뭐라구? 내셔널리스트? 네가 쓴 짐작은 있을 것 아냐."

하고 나는 밖으로 나오려는데

"고발할 끼다, 폭행과 무고죄로 고발할 끼다. 문맥을 보면

알 것 아냐."

등 뒤에서 악을 썼다.

나는 되돌아서서

"고발한다고? 마침 잘됐다. 나도 이놈아 안심하고 고발할
수 있겠다. 할 말이 있으면 검찰에서 해라!"
라고 해놓고 나와버렸다.

두고두고 그놈은 운이 좋았다는 생각이 들었다. 만일 최광
열이 격자를 뒤로 하지 않는 자리에 앉아 있었더라면 내 오른
손으로 뺨을 맞았을 것이다. 그렇게 되었더라면 그는 사정없
이 콘크리트 바닥에 뒹굴어 뇌진탕이라도 일으켰을 것이니 말
이다. 그러나 나는 유감천만이었다. 그놈이 덤벼들기만 했으
면 나는 놈의 오른팔 하나쯤은 얌전히 꺾어놓았을 것이 아닌
가. 왕년의 유도 3단과 당수 3단이 20수십 년간 자고 있었긴
해도 죽어버리진 않았을 것이니까. 놈이 뇌진탕을 일으키고
팔이 부러졌으면 그로써 사건은 자동적으로 진행된다. 그야말
로 나는 안심하고 놈을 고발할 수 있었기 때문이다.

한데 놈은 기백은 없는 대신 자기를 지키는 책략은 있었던
가 보았다. 덤벼들지 않았다. 나는 되돌아가서 한 대쯤 더 때려
주어 고발할까 하는 유혹을 가까스로 참았다.

한편 나는 '테러'라고 하는 것의 참뜻을 알 것 같았다. 순순
히 타일러도 통하지 않고 그렇다고 해서 합법적인 수단으로
증치할 수도 없을 때, 그러나 그 야비하고 음흉한 노릇을 용서

할 수 있을 경우 취할 방법은 테러를 두곤 있을 수 없다는 것을. 분명 최와 같은 인간은 맞아봐야만 그 정도라도 고통을 느낄 수 있는 그러한 존재다.

나는 검찰청으로 직행하기로 했다. 그런데 어찌된 일인지 발걸음이 그리로 가지 않고 범한서적汎韓書籍이란 책점으로 갔다. 프랑스에서 새로 도착했다는 책이 꽂혀 있는 서가를 둘러보았다.

미셸 푸코의 책이 왔는가 했는데 없었다. 빈 손으로 나가기가 뭣해서 베르그송의 책을 한 권 샀다. 9월의 태양이 눈부신 거리로 정동 쪽을 향하는데 문득 뇌리에 떠오르는 상념이 있었다.

'베르그송의 책을 들고 검찰청으로 간다? 고발장을 낸다?'

결국 그날도 나는 검찰청으로 가지 않았다. 최후의 수단은 최후에 써야 하는 것이다.

이튿날 아침이었다. H란 주간지에서 기자가 전화를 걸어왔다.

"어제 A다방에서 사건이 있었더라면서요."

"사건은 없었어. 내가 나쁜 놈을 한 대 때려준 것 외엔."

"그 일에 관해서 물어보고 싶은 말이 있는데 만나주실 수 없을까요?"

"5시에 A다방으로 나오슈."

하고 나는 전화를 끊었다.

조금 있으니 J신문사에서 전화가 왔다. 나와 친숙한 S기자였기 때문에 솔직하게 어제 있었던 얘기를 하고 그러나 가십거리로 하진 말라고 일렀다. D신보로부터도 전화가 왔다.

D신보엔

"절대로 기사 취급은 말아요."

하고 못을 박았다.

P통신에선 고발할 것이냐의 여부를 물어왔다. 하겠는데, 충분한 준비를 한 후에 하겠다고 답해두었다.

몇 사람 작가로부터도 전화가 왔다. 그런데 그 중 한 사람이

"그 인간도 아닌 놈에게 손질은 왜 했습니까. 놈의 평론이 따끔해놓으니 선생님이 흥분하신 거라고 역선전하고 돌아다닐 놈입니다."

하고 투덜투덜했다.

"그 책 읽어보면 다 알 텐데 그런 걱정이야 있겠수."

"읽어보기만 한다면야 걱정 없지만 아무도 그런 책 읽지 않을 거거든요. 그러니 말만 돌아다닌다, 이겁니다. 그런 놈은 묵살해버려요. 우리 젊은 작가들도 그러기로 했어요. 개를 겁이 나서 피하나요, 똥칠이 두려워서 피하는 거죠. 하여간 그놈과 출판사는 말썽만 나길 기다리고 있는 거예요. 묵살해버려요. 선생님 명예에 금이 갈까 겁납니다."

"알았소. 그러나 나는 만나기만 하면 한 대씩 갈겨 줄 거요."

"아따, 그러지 마시래두요."

또 하나의 작가는 내가 한 일이 대단히 상쾌하다면서 작가들 가운덴 고발을 해야 한다는 의견과 그까짓 천하가 다 아는 일을 가지고 고발할 것까진 없지 않느냐는 의견으로 갈려져 있다는 사실을 알려주었다. 고발해선 안 된다는 이유로선 다음과 같이 말했다.

"사유야 어떻든 작가가 평론가를 고발했다는 사실로서만 남게 된다는 겁니다. 그까짓 인간에게 평론가란 이름을 씌워 주는 결과가 된다는 거죠."

"사건이 평론가를 만드는 겁니까. 작품이 평론가를 만드는 거지. 하여튼 나와 그와의 사건은 작가니 평론가니 하는 입장관 전연 관련이 없소. 그자를 두고 문학을 운운할 생각도 없구요. 문학도 하나의 흐름 아니겠소. 일종의 탁류를 이루고 있는 거죠. 그 속엔 똥도 있고 나무토막도 있고 뱀 죽은 시체도 있고, 갖가지 아니겠소. 우선엔 모두 문학처럼 보이겠지만 세월이 가면 판가름이 날 겁니다. 고발 문제는 내게 맡겨두시오."

그날 오후 H주간지의 기자는 내게 취재할 요량으로 대했다. 어제 최광열이 주간지 편집실에 와서 얘기를 죄다 하고 갔기 때문에 부득이 내 편의 이야기도 들어야 하겠다는 것이다.

"아마 당신들은 이 사건을 작가와 평론가의 대립으로 취급하려는 모양인데 그건 아니오. 거짓말을 한 놈과 그 거짓말 때문에 피해를 입은 사람과의 문제일 뿐이오. 나는 그가 내 작품을 두고 무슨 글을 갈겼던 상관하지 않소. 미친 놈의 잠꼬대에 신경을 쓸 겨를이 없으니까요. 다만 나는 그가 날조한 허위 사실을 문제 삼고 있을 뿐이오."

이렇게 내가 말하자 H주간지의 기자는 이런 말을 했다.

"최씨의 말로는 선생님이 오해하고 있다는 거였습니다. N당은 남로당이 아니고 내셔널 무엇이라고 하던데요."

"미친 놈의 소리. 그러니까 그놈이 나쁘다는 거요. 솔직하게 잘못을 인정하지 않는 그런 비열한 놈은 상대도 하기 싫소. N당이라고 넌지시 사람을 중상해 놓고 문제가 생기면 그렇게 변명할 궁리까지 해놓은 놈 아뇨?"
하고 기자가 들고 온 책을 가리키며

"당신도 읽어 보았겠죠? 그 문맥의 어디에서 내쇼널 무엇이 나옵니까. 그리고 난 내셔널 무엇과도 관계한 일이 없소. 하여간 작가와 평론가의 대립이란 기사론 되지 않을 것이 뻔하지 않소. 그러니 기사 취급은 말아 주는 것이 좋겠소."
하고 단호하게 말했다.

그래도 고발을 하지 않으니까 제자들이 한떼 몰려 내 집을 찾아왔다. 그 가운데는 대학교수들도 있었고 변호사도 있었다.

현직 판사와 검사는 직책상 오지 못했다고 했다.

"선생님이 우물쭈물하고 계시면 선생님의 이름을 빌어 우리가 행동하겠습니다. 대한민국에서 그런 모함을 한다는 건 죽이려고 드는 거나 마찬가집니다. 해방 직후 저희들은 선생님과 같이 3년간을 지내지 않았습니까. 그런 우리가 가만있다는 건 스승에 대한 도리가 아닐 줄 믿습니다."

그러고는 내가 쓴 고발장을 보여달라고 하더니 보여주자 그걸 갖고 일어서려고 했다. 그들이 검찰청에 가서 접수시키겠다는 것이다.

나는 진퇴유곡을 느꼈다.

고발해서 놈을 골탕먹이고 싶은 심정과 차마 그로 인해 징역살이시킬 수는 없다는 마음의 엇갈림 속에 갈피를 잡을 수가 없었다.

그래 며칠 전 역시 제자인 K군이 출판사의 편집자란 사람을 데리고 와서 나눈 얘기를 상기하고

"오는 20일까지 시한을 두었으니 그때까지 기다리자."
며 고발장을 도로 빼앗아놓았다.

"20일이 지나도록 태도의 표명이 없으면 어떻게 하시렵니까."

제자의 하나가 물었다.

"그때 가서 고발하지."

해놓고 나는 내 고민을 털어놓았다. 그리고 다음과 같은 말도 덧붙였다.

"나는 나라에 죄를 지은 사람도 관대하게 처분해달라고 글도 쓰고 행동도 했다. 지금 철창에 있는 L군을 위해선 검찰총

장을 찾아가서 진정도 했다. 그런 내가 내게 잘못을 범했다는 이유로 설혹 그게 내 생애에 결정적인 화근이 되는 것이라고 해서 징역을 살리라고 고발장을 내게 되면 어떻게 되겠나. 나라에 죄 지은 놈은 용서를 하라더니 제게 잘못한 놈은 징역을 살리라고 하는구나, 이병주도 그렇고 그런 놈이군, 하지 않겠나. 그렇게 되면 내 문학은 어떻게 될까. 이것이 걱정이다."

한동안 잠잠하더니 제자 하나가 나섰다.

"선생님의 사정은 잘 알겠습니다만 이 사건은 선생님 개인에게 국한된 의미를 가진 것이 아닙니다. 사회 정화를 위해서도 문학계의 정화를 위해서도 선생님의 주장을 다소 굽힐 필요가 있다고 생각합니다. 개인을 지키는 것이 결국 나라를 지키는 거나 다름이 없습니다. 그놈을 고발한다고 해서 선생님의 휴머니한 문학엔 하등의 하자도 되지 않을 겁니다. 되려 악에 대한 결연한 자세를 보임으로써 선생님의 문학이 보다 더 엄격하고 결연한 문학으로 빛나지 않겠습니까."

모두들 그 의견에 찬성이었다. 나마저 그 의견에 솔깃했다.

"20일이 지나도 태도 표명이 없으면 단연 고발하지."

하는 나의 다짐을 듣고야 그들은 나를 술집으로 청했다. 30년 전의 그 시절을 회상하며 우리들은 재미있게 놀았다.

"그 아름다운 회상을 더럽힌 자, 그놈은 똥통에 빠져 죽으리라."

이렇게 기염을 올린 자는 토건 회사의 사장을 하고 있는 왕

년의 축구 선수였다.

20일이 지났다. 그래도 나는 아직 고발장을 내지 못하고 있다. 그래서 태산목 그늘에서 시들어가는 장미꽃을 보면서도 한가한 기분이 되지 못하고 '관대해야 한다'고만 되뇌이고 있는 것이다. 그러나 마음 한구석에 찌꺼기를 두곤 사람은 관대할 수가 없다. 고발장을 내지 않는 것이 관대한 것이 아니라 고발장을 내지 않아도 마음이 석연해야 비로소 관대한 것이다.

가을 해는 기울어간다. 뜰에 그늘이 진다. 내가 고발을 못하는 또 하나의 까닭은 지금 이 순간에도 눈앞에 생생하게 나타나는 돌아가신 아버지의 모습이다.

지가증권地價證券을 횡령당했다는 얘기를 듣고 내가

"그럼 고발을 해야지 않습니까."

했을 때 아버지는 숙연하게 말했던 것이다.

"고래로 우리 집안은 송사訟事를 하지 않은 집안이다. 그 지가증권은 생각하기에 따라 큰 재산이기도 하고 적은 재산이기도 하겠지만 그걸 갖고 내 대代에 와서 송사를 벌일 수가 없다."

과연 내가 아버지처럼 그렇게 관대할 수 있을지 없을지는 두고 보아야 알 일이다. 공자님 부처님의 교훈이 아무리 거룩하기로서니 나는 송사 없는 집안의 전통을 깨고 우리 집안 처음의 고발자가 되어야 할지 모른다. 이런 까닭으로 이 해에 있어서의 나의 추풍사는 한무제漢武帝의 격조를 닮지 못한다.

한 휴머니스트의 사상과 역사 인식

이재복 문학평론가·한양대 한국언어문학과 교수

1. 회색의 비非와 이념의 플렉서블한 지대

　우리 근현대사 혹은 근현대 문학사의 거대한 흐름을 보면 그 어느 시대, 어느 국가보다도 사상의 선명성이 부각되면서 그것이 흑백논리의 단순성을 강하게 노정해온 것이 사실이다. 민족과 반민족, 좌와 우, 사회주의와 자본주의 등의 극렬한 논리의 대립은 결과적으로 그 사이, 다시 말하면 제3의 사상을 잉태하고 그것을 실천하는 데 부정적으로 작용해 왔다고 볼 수 있다. 근대 이후 통용되어온 가장 부정적인 뉘앙스를 지닌 말 중의 하나는 이 제3의 길이라는 의미를 함축하고 있는 '회색'이라는 단어일 것이다. 남한이든 북한이든 사상 문제와 관련하여 회색의 사상을 내세운다는 것은 자칫 체제 비판으로 오인될 수 있고, 그러한 체제가 유지되는 한 감시와 통제의 대상으로부터 벗어나기가 쉽지 않다. 이병주가 견지해온 사상이 바로 이와 무관하지 않다. 그가 '통일에 민족역량을 총집결하라'라는 사설로 필화사건에 휘말려 징역형을 언도받고 복역한 뒤 그때의 경험을 토대로《소설·알렉산드리아》를 써서 작가가 된 데에는 이러한 회색의 사상이 그 주요한 동인으로 작용했다고 볼 수 있다.

그는 회색화의 원인을 대한민국 정부 수립 이후의 사회 정세에서 찾고 있다. 남한에서 이 시기는 우익이 득세하고 좌익이 위축된 그런 때이다. 이 과정에서 그는 자연스럽게 위축된 좌익을 비호하는 입장에 선다. 이것은 정부 수립 이전 좌익이 득세할 때 우익을 비호하는 입장에 선 것과 다르지 않다. 그의 이러한 자신의 태도에 대해 그것은 '흑백으로 세상을 나누는 것에 반대하는 것'이며, 단순히 그것이 '회색에 머무는 것'이 아니라고 말한다. 그가 회색을 이야기하면서 공산주의의 극복 운운하는 것도 이런 맥락에서 이해할 수 있다. 그는 공산주의가 이념을 수단화하는 우를 범한다고 본다. 그가 자신을 '반공주의자'라고 하는 것도 이러한 수단화에 대한 부정성의 발로이다. 그의 수단화에 대한 반발과 부정은 그 자신이 공산주의 사상이 드러내는 흑백논리에 대한 음험함을 간파하고 있었다는 것을 말해준다. 이와 관련하여 김윤식은 그의 회색의 사상을 '학병세대의 내면 풍경인 가치 체계의 내부 혼란 곧 흑백논리가 가져오는 온갖 죽음의 질곡과 맞서고자 하는 정신[1]으로 규정하고 있다. 만일 수단화와 흑백논리에 대한 부정과 반성에서 비롯되는 그의 회색의 사상을 이해하지 못한다면 자칫 그를 좌파냐 우파냐 어느 하나를 극단적으로 선택하고 그것을 추종하는 이분법적인 반공주의자로 오인할 수도 있을 것이다.

그러나 그가 자신을 반공주의자라고 말하는 데에는 흑백논리가 아닌 '회색의 비非'[2]의 논리가 작동한 것이다. 여기에서의 '비'는 판단을 말한다. 이 회색의 비에 입각해서 그는 공산주의자(사회주의자)인 노정필과 맞선다거나 자신을 남로당원으로 공격하는 최광열에 맞서 그것의 진실을 자신 있게 들추어내기에 이른다. 세상 어떤 사람들과도 침묵으로 일관하는, 사상범으로 무기형을 언도받고 20년을 꼬박 채우고 출소한 비전향 장기수 노정필을 향해 마르크스 사상의 맹점과 공산당이 이념이나 이론만 있을 뿐 실천에 실패한 허깨비에 불과하다고 맹렬하게 비판할 뿐만 아니라 남로당의 폭력을 넘어서는 간디의 비폭력주의만이 하나의 대안이 될 수 있다고 역설한다. 그의 자신감은 회색의 비, 곧 세계에 대한 판단에서 기인한다. 그렇다면 그의 회색의 비는 과연 얼마만큼의 객관성과 진정성을

---

1) 김윤식, 〈한 자유주의 지식인의 사상적 흐름〉, 《역사의 그늘, 문학의 길》, 한길사, 2008, pp. 100~101.
2) 이병주, 앞의 책, p. 87.

지니고 있는 것일까? 이 물음에 대한 답을 그는 〈내 마음은 돌이 아니다〉에서 아주 자신감 있게 혹은 열정적으로 제시하고 있다. 그의 말의 객관성과 진정성은 곧 나 자신이 노정필의 마음을 얼마만큼 움직여 그로 하여금 사상의 전향을 가져오느냐 하는 문제와 맞물려 있다.

이 소설은 나(작가)와 노정필 사이의 이념 논쟁이라고 해도 과언이 아닐 정도로 소설 전체가 두 체제, 곧 자본주의와 사회주의 체제 사이의 비교와 설명을 기반으로 한 대화로 되어 있다. 노정필에 비해 나는 많은 말을 한다. 나의 마르크스주의 비판에 석상처럼 입을 열지 않던 노정필도 말문을 열게 되고 차츰 행동에 변화도 일어난다. 자본주의 경제의 상징인 백화점을 가서 소비도 하고, 직접 목공소에서 노동을 해서 임금을 벌기도 한다. 자본주의 경제 구조 속에서 생산과 소비를 체험하는 노정필을 보면서 나는 더욱 열정적으로 그를 만나 사회주의 사상과 체제를 비판하고 그에 대한 인격적인 공격도 서슴지 않는다. 그에 대한 직접적인 공격을 상징적으로 드러내는 것이 바로 '착각을 신념인 양 오인하고 있는 폐인'3)(〈내 마음은 돌이 아니다〉)이라는 말이다. 내가 보기에 그의 사회주의 사상에 대한 신념은 하나의 착각에 불과하며, 이로 인해 그는 폐인

---

3) 이병주, 위의 책, p. 43.

으로 전락할 수밖에 없다는 것이다.

나의 노정필에 대한 자신에 찬 공격은 소설의 행간에 강하게 드러나 있다. 특히 이것이 노정필의 침묵과 만나면 마치 나의 사상(자본주의, 자유민주주의 사상)이 그의 사상(사회주의, 공산주의 사상)보다 우월하다고 느껴지기까지 한다. 하지만 노정필의 침묵은 나의 사상의 우월함을 인정하는 하나의 태도로 귀결되지 않는다. 그는 차츰 친체제적인 태도를 보이지만 그것은 어디까지나 자기 야유와 자기 모멸적인 모습을 띠고 드러날 뿐이다.

나와 노정필의 평소 담화의 위치가 전도되어 드러나는 사실을 통해 우리가 알 수 있는 것은 노정필의 태도의 이중성이다. 정부의 사회안전법에 대해 그것이 절대로 성립되어야 하고 자신은 소크라테스처럼 그것을 따르겠다는 그의 태도는 자신을 구속하고 통제해온 자본주의 혹은 자유민주주의 체제에 대한 화해불가를 역설적으로 드러낸 것이라고 할 수 있다. 사회안전법이 통과되고 그는 결국 "살기 위해 떠난다"[4]라는 말을 남기고 저승으로 가버린다. 기실 그가 남긴 말은 나의 책의 한 구절이다. 그의 죽음은 분명 자본주의 체제와의 화해 불가를 표상하지만 그렇다고 이것이 자신이 신봉해온 체제에 대한 절대적

------

4) 이병주, 위의 책, p. 69.

인 신뢰를 의미하지는 않는다. 세상에 대해 석상 같은 침묵으로 일관하던 그가 나를 향해 말문을 연 것은 '자신의 사상 추구를 거부하게 만든 정치 체제에 대한 증오와 적의는 물론 자신이 신봉한 사상의 독성에 대한 거부반응, 동생 노상필의 사형 집행에 대한 분노와 자책 등 매우 복합적인 심층성'[5]을 띤다.

비록 석상 같은 침묵으로 일관하던 그가 나를 향해 말문을 열기는 했지만 자신의 사상과 다른 사상 사이의 회색 지대가 없었기 때문에 중용의 도가 구현되지 않고 이데올로기의 껍데기만 남기고 그가 떠나간 것이라고 할 수 있다. 이것은 그 개인의 문제라기보다는 이데올로기의 허망함을 수없이 보아왔으면서도 그것을 손쉽게 떨치지 못하는 데에는 회색의 사상이 은폐하고 있는 이념의 플렉서블flexible한 지대가 널리 확산되지 않은 우리 사회 차원의 문제로 볼 수 있다. 작가가 노정필의 존재를 자본주의 사회 체제에 적응하지 못한 채 결국 죽음으로 끝나는 쪽으로 몰아간 것은 그의 죽음을 숭고하게 하기 위해서라기보다는 오히려 그 반대라고 할 수 있다. 그의 죽음의 쓸쓸함이 환기하는 것은 이념의 허무함 내지 황폐함과 함께 자신이 지향하고 있는 회색의 사상의 전경화이다.

작가는 회색 사상의 견지에서 노정필을 아우르려고 한 것이

---

5) 이재선, 〈'소설·알렉산드리아'와 '겨울밤'의 상관성과 그 의미〉, 《역사의 그늘, 문학의 길》, 한길사, 2008, p. 402.

사실이다. 하지만 그의 아우름에는 언제나 회색의 비가 함께
한다. 그는 노정필을 아우르면서도 그가 신봉하는 사상에 대
해서는 비판을 서슴지 않는다. 그가 노정필과 관계를 유지하
면서 그것을 통해 이루려고 하는 자신의 사상의 우월함으로
그를 지배하고 계몽하려는 데에 있지 않다. 그의 궁극적인 목
적은 노정필의 '인간회복人間回復'[6](《내 마음은 돌이 아니다》)에
있다. 그가 보기에 노정필의 가장 중대하고도 위중한 문제는
다른 그 무엇도 아닌 바로 인간 혹은 인간성의 상실인 것이다.
이런 맥락에서 그는 자신이 노정필에게 접근한 데에는 '불순
한 동기는 없었으며 인간적인 호의와 약간의 호기심' 때문이라
고 말한다. 한 인간을 어떤 이념보다는 인간적인 면 때문에 접
근한다는 그의 말은 어떻게 보면 평범한 진술 같지만 여기에
그의 사상의 근간이 숨어 있다고 할 수 있다. 그에게 인간회복
은 회색 사상이 지향해야 할 가장 궁극의 목표이자 노정필을
구원할 묘약인 것이다.

---

6) 이병주, 앞의 책, p. 45.

2. 관대함과 인간회복으로서의 휴머니즘

이병주의 사상이 회색에 있다면 그것의 토대를 이루고 있는 것은 휴머니즘이다. 휴머니즘의 관점에서 보면 마르크시즘은 "인간을 인간답지 못하게 하는"[7] 한계를 은폐하고 있는 사상이다. 그가 박영희와 노정필을 비교하면서 "인간은 인간적인 사람을 좋아하게 마련"[8]이라고 한 말 속에 이미 그 의미가 드러나 있다. 인간이 인간적인 사람을 좋아하는 것은 자연스러운 인간성의 발로이며 만일 그것이 사상에 의해 방해를 받아 인간을 인간답지 못하게 한다면 그 사상은 마땅히 폐기되어야 한다는 것이 그의 신념인 것이다. 그렇다면 그가 이야기하고 있는 인간다운 것 혹은 인간다운 사람이란 무엇을 말하는 것일까?

이 물음에 대한 답으로 그가 제시한 것은 '관대함'이다. 보기에 따라 고루하게도 또 나이브하게도 들릴 수 있는 이 관대함이란 그가 〈추풍사〉의 서두에서 다소 장황하게 기술하고 있는 인간을 규정하는 덕목이다. 그는 이 관대함이 인정의 일종이며, 그것은 죽음의 순간에 강하게 현시된다고 보고 있다. 그는 인간이 "죽음을 생각하고 있으면 관대한 마음이 되지 않을

---

7) 이병주, 앞의 책, p. 47.

8) 이병주, 앞의 책, p. 46.

수 없다"9)(《추풍사》)라고 말한다. 인생의 마지막 순간인 죽음에 직면하면 모든 감정도 그 순간에 끝나고 인간은 보다 관대해지게 된다는 것이다. 감정이 강하게 작동하면 자칫 여기에 함몰되어 일정한 거리 확보가 어렵기 때문에 그것을 모두 버리게 되는 순간, 곧 죽음의 순간에 관대함이 잘 드러날 수 있다는 이야기이다. 관대함의 차원에서 보면 나와 노정필의 차이는 분명하다. 노정필이 죽음을 택한 것은 자신의 사상 추구를 거부하게 만든 정치 체제와 자신이 신봉한 사상 그리고 동생 노상필을 죽게 한 자들에 대한 관대함과 용서하는 마음을 가지지 못했기 때문이다. 만일 관대함으로 이 모든 것들을 용서했다면 그는 증오, 적의, 분노, 자책 같은 복합적인 심층 속에서 살다가 죽음을 택하지는 않았을 것이다. 그의 관대하지 못한 것에 대한 작가의 비판은 비단 그 개인을 넘어 마르크스주의라는 사회주의 사상 전반을 향하고 있다고 할 수 있다.

노신호에 비해 나는 관대하다. 나의 관대함은 기본적으로 인간에 대한 신뢰와 믿음에서 비롯된다. 나는 "세월은 바뀌어도 인정은 변하지 않는다"10)(《추풍사》)라고 믿고 있다. 나의 이 말은 인정이 관대함의 본질이며 인간을 평가하는 척도라는 것을 의미한다. 이런 점에서 나는 인정주의자이다. 하지만 이때

---

9) 이병주, 앞의 책, p. 73.

10) 이병주, 앞의 책, p. 73.

의 인정은 단순한 온정주의와는 다른 것이다. 온정주의란 시혜적인 것이기 때문에 오래 지속될 수 없다. 작가가 나를 통해 말하려는 인정이란 "인간을 존중하고 민주주의적인 인격을 갖춘 사람"11)(〈패자의 관〉)에서 발견할 수 있는 덕목이다. 작가가 발견한 이러한 조건을 갖춘 사람이 바로 노신호다. 노신호에게서 이러한 덕목을 발견했기 때문에 나는 많은 어려움을 감내하면서도 그의 선거운동을 도왔던 것이다.

그러나 노신호와 같은 인격을 갖춘 사람을 당시의 사회체제는 온갖 권모술수와 중상모략을 통해 정치의 장에서 배제하고 소외한다. 이것은 당시의 정치의 장이 관대함과는 거리가 멀다는 것을 말해준다. 관대함이 부재하고, 관대함이 통하지 않는 사회체제에서 관대함을 가진 자는 노신호처럼 언제나 희생양으로 전락할 위험성이 크다고 할 수 있다. 한 사회체제나 정치의 장이 관대함을 가져야 하는 것은 대단히 중요한 덕목이지만 불행하게도 당시의 우리의 상황은 그러지 못했던 것이다. 그런데 작가는 이 관대함의 부재를 정치 탓으로만 돌리지 않는다. 작가는 "정치에 너무 많은 것을 기대하는 건 잘못"이며, "정치란 본래 그렇고 그런 것이다 하는 한계의식限界意識을 갖고 부족한 것은 개인의 수양과 노력으로 채워야 한다"12)(〈내

---

11) 이병주, 앞의 책, p. 26.
12) 이병주, 앞의 책, p. 58.

116

마음은 돌이 아니다〉〉라고 말한다. 모든 문제를 정치 탓으로 돌리는 태도에서 벗어나 개인의 수양과 노력을 강조하고 있는 작가의 태도는 비정치성을 드러내는 것이 아니라 그가 견지하고 있는 '회색의 비'의 정치논리를 드러내는 것이라고 할 수 있다.

모든 문제를 정치 탓으로 돌리는 행위의 이면에는 이분법적인 흑백논리가 작동하고 있는 것으로 볼 수 있다. 이런 상황에서는 문제에 대한 반성과 성찰이 불가능하게 된다. 하지만 이분법적인 흑백논리가 아닌 회색의 비의 논리로 보면 그 문제는 정치 탓만이 아닌 내 탓도 있다는 것을 자각할 수밖에 없게 된다. 이분법적인 흑백논리의 차원이라면 나의 노정필에 대한 접근은 정치적인 계산에 의해 이루어졌을 것이다. 하지만 나의 노정필에 대한 접근은 "보다 넓게 세상을 보시게 하기 위해서죠. 보다 깊게, 보다 진실되게 인생을 사시도록 하기 위해서요"라는 말이 의미하듯이 그것은 관대함과 용서하는 마음이 토대가 된 인정의 차원에서 이루어진다. 인정의 관대함이 이념적인 이념을 감싸안는 형국이 바로 나의 노신호에 대한 태도에서 발견하게 되는 모습이다. 나의 노신호에 대한 태도는 나의 최광렬에 대한 태도에서도 고스란히 반복된다. 전자의 관계가 우호적이라면 후자의 관계는 적대적이라고 할 수 있다. 만일 이분법적인 흑백논리대로라면 후자의 관계는 회복하기 어려운 파국을 맞이하게 될 가능성이 클 것이다. 〈추풍사〉

에서 최광렬이 나의 전력을 날조해 곤경에 빠뜨린 상황에서
이 논리하에서라면 그를 고발해서 죄값을 치르게 하는 것이
자연스러운 일일 것이다.

그러나 나는 그를 고발하지 않는다. 그것은 그에 대한 나의
인정 때문이다. 인간관계에서 이 인정은 대단한 힘을 발휘할
때가 있다. 이때 인정은 "명증의 허위"13)(《패자의 관》)를 넘어
서는 진실 혹은 진정성의 차원을 드러낸다. 특히 정치의 장에
서 이론이 명증하고 정연할수록 그만큼 현실과는 거리가 멀어
질 수 있다. 명증함의 차원에서 보면 '정'이라는 것이 그저 구
태의연하고 그래서 청산해야 할 비정치적인 것으로 간주될 수
있는 성질의 것이지만 작가가 보기에 그것은 사람들과 소통하
고 공감을 불러일으킬 수 있는 가장 강력한 정치적인 힘의 실
체였던 것이다. 선거에서 패배한 진영에서 그들의 판단이 잘
못된 것이라고 간주하는 것은 분명 자신의 입장은 옳고 상대
의 입장은 옳지 않다는 이분법적인 논리가 작동한 것이라고
할 수 있다. 내가 이것을 간파하고 그 선거구민들의 정을 내세
워 그것이 가지는 의미를 부각시키는 데에는 흑백논리적인 생
각을 넘어서려는 그 특유의 회색의 비를 인식하고 실천한 결
과라고 할 수 있다.

작가의 이러한 논리는 인간에 대한 관대함에 머물지 않고

---

13) 이병주, 앞의 책, p. 16.

'문학의 관대함'14)(〈추풍사〉)으로 이어진다. '문학이 관대해야 한다'는 논리는 단순한 수식어구가 아니라 그의 인간을 바라보는 태도가 반영된 것으로 볼 수 있다. 인간은 인간다워야 한다고 주장하고 있고, 인간을 인간답지 못하게 하는 사상과는 거리를 두고 있으며, 인정이 있는 인간적인 사람을 좋아할 수밖에 없다고 말하는 그의 사상은 회색의 사상이면서 동시에 휴머니즘적인 사상이라고 할 수 있다. 그가 회색의 비에 기초하여 이러한 휴머니즘적인 사상을 전면에 내세운 데에는 인간보다는 이념의 기치를 전면에 내세워 세계를 이분법적인 흑백논리로 재단하려고 한 시대에 대한 반성과 성찰의 의도가 내재해 있다. 인간이 이념화되었을 때 나타나는 가장 큰 특징은 타자의 고통을 이해하지도 또 감싸주지도 못한다는 점이다. 〈패자의 관〉에서 갖은 권모술수와 중상모략으로 노신호가 가지고 있는 "천부의 재능과 성실과 의욕"15)을 제대로 실현할 기회조차잡지 못하게 한 자들이나, 〈추풍사〉에서 나의 전력을 허위로 날조하여 나를 고통과 번민 속으로 몰아넣은 최광열, 그리고 〈내 마음은 돌이 아니다〉에서 노정필의 한을 헤아리고 그것을 풀어주려고 하지 않은 사회체제 등은 모두 타자의 고통을 외면한 채 자신의 안위와 체제(권력) 유지에만 급급한 반反휴머

---

14) 이병주, 앞의 책, p. 75.
15) 이병주, 앞의 책, p. 30.

니즘적인 존재들에 다름 아니다. 이것은 그가 타자의 흠이나 고통을 공격하고 외면하는 것이 아니라 그것을 회색의 비의 논리하에서 바로 잡아주고 감싸줄 때 비로소 진정한 차원의 인간회복의 길이 열린다는 사실을 이 소설들을 통해 설파한 것이라고 할 수 있다.

3. 지평으로서의 휴머니즘

작가 자신이 여러 소설 속에서 제시하고 있는 휴머니즘의 논리가 과연 어느 정도의 객관성을 담보하고 있는지에 대해서는 앞으로 더 고찰할 필요가 있다. 그가 내세운 인정이나 관대함, 회색의 비 같은 논리가 얼마만큼 이념이나 제도, 체제 등이 행사하는 억압으로부터 인간의 자유와 해방의 의미를 담지하고 있는지 보다 세심한 검토가 이루어져야 할 것이다. 그의 휴머니즘에 대한 해석에서 보다 중요한 것은 그것이 어떤 지평을 드러내느냐 하는 점이다. 그가 제시한 휴머니즘의 논리가 우리 문학사에서 하나의 가능성으로 존재할 때 그의 문학은 일회적인 관심에 그치지 않고 다양한 의미의 생산을 담보할 수 있을 것이다. 휴머니즘 논리의 강점은 인간이나 인간성 또는 인간 됨됨이라는 차원에서 제기되는 인간으로서의 보편타당함에 있다. 이런 점에서 휴머니즘은 인간이 인간으로서 지

녀야 하는 본질essence 같은 것이다. 하지만 우리가 그 본질을 발견하기 위해서는 포즈만으로는 불가능하다. 본질은 고정되어 있지 않고 변화무쌍하기 때문에 다양한 형태를 지닐 수밖에 없다. 그의 휴머니즘이 다양한 각도에서 조명될 때 그의 문학이 은폐하고 있는 세계가 탈은폐될 것이다. 또한 그의 휴머니즘이 은폐하고 있는 인정이나 관대함, 회색의 비 같은 논리는 하나의 세계의 지평으로서 존재하는 순간 그 의미를 획득하게 될 것이다.

1921	3월 16일 경남 하동군 북천면에서 아버지 이세식과 어머니 김수조 사이에서 태어남.
1933	양보공립보통학교 13회 졸업.
1940	진주공립농업학교 27회 졸업.
1943	일본 메이지 대학 전문부 문예과 졸업.
1944	와세다 대학 불문과에 재학 중 학병으로 동원되어 중국 쑤저우蘇州에서 지냄.
1948	진주농과대학과 해인대학(현 경남대학)에서 영어, 불어, 철학을 강의.
1954	문단에 등단하기 전《부산일보》에 소설《내일 없는 그날》 연재.
1955	《국제신보》에 입사, 편집국장 및 주필로 언론계에서 활동.
1961	5·16 때 필화사건으로 혁명재판소에서 10년 선고를 받고 복역 중 2년 7개월 후에 출감. 한국외국어대학, 이화여자대학 강사를 역임.
1965	중편 〈소설·알렉산드리아〉를 《세대》에 발표함으로써 문단에 등단.
1966	〈매화나무의 인과〉를 《신동아》에 발표.

1968	〈마술사〉를 《현대문학》에 발표. 《관부연락선》을 《월간중앙》에 연재(1968. 4.~1970. 3.), 작품집 《마술사》(아폴로사) 간행.
1969	〈쥘부채〉를 《세대》에, 〈배신의 강〉을 《부산일보》에 발표.
1970	《망향》을 《새농민》에 연재, 장편 《여인의 백야》(문음사) 간행.
1971	〈패자의 관〉(《정경연구》) 등 중단편을 발표하는 한편, 《화원의 사상》을 《국제신보》, 《언제나 은하를》을 《주간여성》에 연재.
1972	단편 〈변명〉을 《문학사상》에, 중편 〈예낭풍물지〉를 《세대》에, 〈목격자〉를 《신동아》에 발표. 장편 《지리산》을 《세대》에 연재. 장편 《관부연락선》(신구문화사) 간행. 영문판 〈예낭풍물지〉, 장편 《망각의 화원》 간행.
1973	수필집 《백지의 유혹》(강남출판사) 간행.
1974	중편 〈겨울밤〉을 《문학사상》에, 〈낙엽〉을 《한국문학》에 발표. 작품집 《예낭풍물지》 영문판(세대사) 간행.
1976	중편 〈여사록〉을 《현대문학》에, 단편 〈철학적 살인〉과 중편 〈망명의 늪〉을 《한국문학》에 발표, 창작집 《철학적 살

인》(한국문학),《망명의 늪》(서음출판사) 간행.

1977 중편 〈낙엽〉과 〈망명의 늪〉으로 한국문학작가상과 한국창
작문학상 수상, 창작집 《삐에로와 국화》(일신서적공사), 수
필집 《성—그 빛과 그늘》(서울물결사), 《바람과 구름과 비》
(동아일보사) 간행.

1978 중편 〈계절은 그때 끝났다〉, 단편 〈추풍사〉를 《한국문학》
에 발표. 《바람과 구름과 비》를 《조선일보》에 연재, 창작
집 《낙엽》(태창문화사) 간행, 장편 《망향》(경미문화사), 《허
상과 장미》(범우사), 《조선일보》에 연재되었던 《미와 진실
의 그림자》(대광출판사), 《바람과 구름과 비》(물결출판사) 간
행. 수필집 《사랑받는 이브의 초상》(문학예술사), 《허상과
장미》(범우사), 칼럼 《1979년》(세운문화사) 간행.

1979 장편 《황백의 문》을 《신동아》에 연재, 장편 《여인의 백야》
(문음사), 《배신의 강》(범우사), 《허망과 진실》(기린원) 간행,
수필집 《사랑을 위한 독백》(회현사), 《바람소리, 발소리, 목
소리》(한진출판사) 간행.

1980 중편 〈세우지 않은 비명〉, 단편 〈8월의 사상〉을 《한국문
학》에 발표. 작품집 《서울의 천국》(태창문화사), 소설 《코스
모스 시첩》(어문각), 《행복어사전》(문학사상사) 간행.

1981 단편 〈피려다 만 꽃〉을 《소설문학》에, 중편 〈거년의 곡〉을

《월간조선》에, 중편 〈허망의 정열〉을 《한국문학》에 발표. 장편 《풍설》(문음사), 《서울 버마재비》(집현전), 《당신의 성좌》(주우) 간행.

1982　단편 〈빈영출〉을 《현대문학》에 발표. 《그해 5월》을 《신동아》에 연재. 작품집 《허망의 정열》(문예출판사), 장편 《무지개 연구》(두레출판사), 《미완의 극》(소설문학사), 《공산주의 허상과 실상》(신기원사), 수필집 《나 모두 용서하리라》(대덕인쇄사), 《용서합시다》(집현전), 소설 《역성의 풍·화산의 월》(신기원사), 《행복어사전》(문학사상사), 《현대를 살기 위한 사색》(정음사), 《강변 이야기》(국문) 간행.

1983　중편 〈그 테러리스트를 위한 만사〉를 《한국문학》에, 〈소설 이용구〉와 〈우아한 집넘〉을 《문학사상》에, 〈박사상회〉를 《현대문학》에 발표, 작품집 《그 테러리스트를 위한 만사》(홍성사), 고백록 《자아와 세계의 만남》(기린원), 《황백의 문》(동아일보사) 간행.

1984　장편 《비창》을 문예출판사에서 간행, 한국펜문학상 수상, 장편 《그해 5월》(기린원), 《황혼》(기린원), 《여로의 끝》(창작문예사) 간행. 《주간조선》에 연재되었던 역사 기행 《길 따라 발 따라》(행림출판사), 번역집 《불모지대》(신원문화사) 간행.

1985　장편 《니르바나의 꽃》을 《문학사상》에 연재, 장편 《강물이

내 가슴을 쳐도》와 《꽃의 이름을 물었더니》, 《무지개 사냥》(심지출판사), 《샘》(청한), 수필집 《생각을 가다듬고》(정암), 《지리산》(기린원), 《지오콘다의 미소》(신기원사), 《청사에 얽힌 홍사》(원음사), 《악녀를 위하여》(창작예술사), 《산하》(동아일보사), 《무지개 사냥》(문지사) 간행.

| 1986 | 〈그들의 향연〉과 〈산무덤〉을 《한국문학》에, 〈어느 익일〉을 《동서문학》에 발표, 《사상의 빛과 그늘》(신기원사) 간행. |

| 1987 | 장편 《소설 일본제국》(문학생활사), 《운명의 덫》(문예출판사), 《니르바나의 꽃》(행림출판사), 《남과 여—에로스 문화사》(원음사), 《남로당》(청계), 《소설 장자》(문학사상사), 《박사상회》(이조출판사), 《허와 실의 인간학》(중앙문화사) 간행. |

| 1988 | 《유성의 부》(서당) 간행, 대하소설 《그해 5월》을 《신동아》에, 역사소설 《허균》을 《사담》에, 《그를 버린 여인》을 《매일경제신문》에, 문화적 자서전 《잃어버린 시간을 위한 메모》를 《문학정신》에 연재, 《행복한 이브의 초상》(원음사), 《산을 생각한다》(서당), 《황금의 탑》(기린원) 간행. |

| 1989 | 《민족과 문학》에 《별이 차가운 밤이면》 연재. 장편 《허균》, 《포은 정몽주》, 《유성의 부》(서당), 장편 《내일 없는 그날》(문이당) 간행. |

| 1990 | 장편 《그를 버린 여인》(서당) 간행, 《꽃이 된 여인의 그늘에 |

서》(서당), 《그대를 위한 종소리》(서당) 간행.

1991	인물 평전 《대통령들의 초상》(서당), 《달빛 서울》(민족과문학사) 간행, 《삼국지》(금호서관) 간행.
1992	《세우지 않은 비명》(서당) 간행. 4월 3일 오후 4시 지병으로 타계. 향년 72세.
1993	《소설 정도전》(큰산), 《타인의 숲》(지성과사상) 간행.

김윤식

서울대학교 국어국문학과와 동 대학원을 졸업했고 1962년 《현대문학》에 〈문학사방법론 서설〉이 추천되어 문단에 발을 들여놓았다. 한국 근대문학에서 근대성의 의미를 실증주의 연구 방법으로 밝히는 데 주력했으며 1920~1930년대의 근대문학과 프롤레타리아문학이 가지는 근대성의 의미를 밝히고자 했다. 1973년 김현과 함께 펴낸 《한국문학사》에서는 기존의 문학사와는 달리 근대문학의 기점을 영·정조 시대까지 소급해 상정함으로써 뜨거운 논쟁을 불러일으키기도 했다. 현대문학신인상, 한국문학작가상, 대한민국문학상, 김환태평론문학상, 팔봉비평문학상, 요산문학상 등을 수상했으며 저서로 《문학사방법론 서설》, 《한국문학사 논고》, 《한국 근대문예비평사 연구》, 《황홀경의 사상》, 《우리 소설을 위한 변명》, 《한국 현대문학비평사론》 등이 있다.

김종회

경희대학교 국어국문학과와 동 대학원을 졸업했고 1988년 《문학사상》을 통해 평단에 나왔다. 김환태평론문학상, 한국문학평론가협회상, 시와시학상, 경희문학상을 수상했으며 2008년에는 평론집 《문학과 예술혼》, 《디아스포라를 넘어서》로 유심작품상, 편운문학상, 김달진문학상을 수상했다. 특히 《디아스포라를 넘어서》는 남북한 문학 및 해외 동포 문학의 의미와 범주, 종교와 문학의 경계, 한국 근대문학의 경계 개념을 함께 분석한 평론집으로 평가받고 있다. 저서로 《한국소설의 낙원의식 연구》, 《위기의 시대와 문학》, 《문학과 전환기의 시대정신》, 《문학의 숲과 나무》, 《문화 통합의 시대와 문학》 등이 있으며 엮은 책으로 《북한 문학의 이해》, 《한민족 문화권의 문학》, 《한국 현대문학 100년 대표 소설 100선 연구》, 《문학과 사회》 등이 있다.